전설의 운명

1966 영국 월드컵 8강신화 쓴

북한 축구선수 신영규와 박승진

전설의 운명

김병관 실화 장편소설

도서출판 북인

차례

PART 1

제8회
영국 월드컵에 참가한
북한축구선수단

축구, 총소리 없는 전쟁

1966년 7월 12일 영국에서 진행된 제8회 월드컵대회에 참가한 북한축구선수단의 주장 신영규에게 오늘은 슬프고 실망스러운 날이었다. 소련과 첫 경기에서 그들의 강도적인 태클로 3 대 0으로 패하였다는 것보다 충성스러운 열망을 안고 떠나온 조국에 대한 국제사회의 반응이 너무도 냉정하고 혹독했던 것이다.

북한에서는 1950년 6월 25일 전쟁을 남쪽에서 새벽 6시에 달려든 북침이라고 선전했고 학생들에게는 물론 전 사회적으로도 그렇게 가르치고 있지만 국제사회에서는 북한에서 새벽 4시에 불의에 일으킨 남침이라는 구체적 사실을 들면서 유엔안전보장이사회 규정에 따라 파렴치한 공산주의 침략자로 취급하고 있는 것이다.

비행장에 도착하면서부터 각국의 기자들은 기다렸다드는 듯이 북한이 남침했다는 것을 지금은 인정하는가? 그런 질문을 하려고 기다렸는지 스스로 통역하면서 묻는 것이다. 대표단 간부들은 그런 질문이 나올 때마다 선수들에게 대답하지 말라고 손을 가로저으면서 당황하는 기색이 역력했다. 서방세계에 별로 나와보지 못했던 선수들에게 그런 질문은 듣는 것만으로도 놀라운 것이었다.

제국주의 침략을 물리치기 위한 정의의 전쟁이라고 배운 참혹했던 1950년 6월 25일 전쟁이 사실은 우리의 남침이었던가? 이럴 수가……. 하정원, 양성국, 이동원, 박리섭, 이찬명 같은 20대 초반 선수들에게는 누구에게도 물어볼 수 없는 실망스러운 충격이었다.

월드컵이 진행되는 현시점에서 경기대회 조직에서는 우리나라의 공식 국호인 '조선민주주의인민공화국'의 간략한 '조선'으로 부르지 않고 '한국'의 절반이라는 '북한'으로 지칭하면서 경기의 시작 행사로 엄숙하게 연주하게 되어 있는 국가도 생략해버렸던 것이다.

국제사회의 이런 차별적인 요구를 받아들이지 않으려고 2

년 전, 세계의 이목이 집중되는 체육대회에 처음으로 참가하게 되었던 1964년 일본에서 진행된 제18회 국제올림픽대회도 참가를 거부했던 것이다. 당시 축구는 아시아지역 최종예선에서 미얀마를 1 대 0으로 누르고 출전권을 가지고 다른 종목들과 함께 일본에 선발대가 도착하였으나 올림픽위원회는 국제기구가 승인하지 않는 불순한 가네포(신흥세력) 경기에 참가하였다는 이유로 그 대회의 여자육상 경기 400, 800미터에서 신기록을 세운 신금단 선수를 참가시킬 수 없다는 요구를 받아들이지 않고 되돌아오면서 국제올림픽위원회에 거액의 벌금을 물어야 했다.

이번에도 '조선'이라는 국호와 국가를 연주하지 않는다고 참가를 거부한다면 세계인들의 행사에서 영원히 제명될지 모른다. 국제올림픽대회에도 보따리를 싸들고 찾아다니면서 가입할 수 있었고 국제축구연맹에도 어렵사리 들어갔던 것이다. 분단국가이면서 불량한 공산주의집단이라는 국제사회의 비난은 털어버릴 수 없는 현실이었다.

그런 반응은 오늘 경기에서도 나타난 것이다. 소련 선수들의 태클은 경기가 아니라 난폭한 폭행이었으며 무지막한 만행이었다. 그래도 경기를 주관하는 국제심판은 태연했고 아무런 경고도 주려고 하지 않았다. 그러니 그들의 거친 행동은 멈추지 않았다. 세 번째 골은 소련 선수의 노골적인 공격 위반이었어도 그대로 인정했다.

다행인 것은 경기가 진행되고 있는 영국 중북부의 도시 미들즈브러 시민들과 군중들의 원성怨聲이 함성으로 터지면서 심판이 경고를 꺼내들었을 때는 소련의 측면공격을 제압했던 강봉칠이 그들의 무지막한 태클에 쓰러져 다리를 들지 못하고 들것에 실려나갔고 그 뒤로 하정원과 박리섭도 쓰러져 일어서지 못하면서 선수들은 눈물을 머금고 싸웠으나 11 대 8이라는 수적 열세로 패배를 막을 수 없었다(당시 축구경기에서 부상당하면 대체할 수 있다는 규정이 없었다).

현지에서 실황을 중계하던 방송원 이상벽은 사회주의 나라가 어쩌면 형제나라에 저럴 수 있냐고 울분을 토했다. 유럽축구, 특히 소련축구가 거칠고 난폭하다는 것은 1961년 모스크바에서 당시 소련축구대회 우승팀인 스파르타와 경기에서 몸으로 느꼈던 것이다. 그 경기에서 1 대 0으로 이겼지만 골을 넣었던 공격수 연승철은 소련 선수의 거친 태클에 치아가 부서지는 타격을 받았던 것이다.

第8회 월드컵대회의 참가를 위해 영국으로 떠나오면서 비행기의 시간 차이로 모스크바에 들렀을 때 소련축구협회에서는 자신들과 친선경기를 요구했지만 받아들이지 않았다. 평양을 떠나기 전부터 그런 요구를 했었다. 그들은 북한축구가 국제사회에 별로 알려진 것은 없지만 속도가 있고 역습이 강하다는 것을 알고 있었던 것이다.

그들은 외교일군을 내세워 예의적인 방문인 듯 감독 모로조브가 주장과 함께 찾아왔다. 그는 유럽축구선수권대회에서 소련 선수단을 우승으로 이끈 축구의 귀재였다. 제8회 월드컵대회에서 활동에 대한 실무의견을 가졌다. 북한과 소련은 4조에 속하였다. 북한, 소련, 이탈리아, 칠레로 편성되었다. 사회주의 나라 북한과 소련, 자본주의 나라 이탈리아와 칠레, 정치적 성향으로 보면 2 대 2가 되는 것이다.

16강 첫 경기는 북한과 소련의 경기였다. 이 자리에서 모로조브는 이탈리아와 칠레를 누르고 북한과 소련이 8강에 올라갈 것을 제안하면서 우리의 경기는 사회주의 형제국가로 무승부로 했으면 좋겠다고 자기들의 첫 출전 선수명단을 주었다. 그런 준비를 하고 찾아온 것 같았다. 소련 주재 북한대사관을 통하여 알고 있는 그들의 핵심선수들이었다. 북한으로는 뜻밖이면서도 이런 정도면 서로 믿어도 될 것 같았다. 소련축구의 거칠고 무례한 성향을 알고 있는 명례현은 겸허하게 웃으면서 전략적 방안을 내놓았다.

우리는 월드컵에 처음으로 참가한다. 어리어리하다. 소련은 1960년 유럽축구 우승국으로 강팀이다. 당신들이 이탈리아, 칠레를 누르면 우리는 그 두 팀 중에서 한 팀은 어떻게든 이기고 한 팀은 비기도록 하겠다. 그러면 소련은 2승 1무로, 북한은 1승 2무 또는 한 팀에 패한다고 해도 최소 1승 1무 1패로 8강에 올라갈 수 있을 것이라는 약속으로 첫 출전 선수들의 명단을 작성해주었다. 서로 상대선수들을 알고 경기를 하자는 사실상의 비공식적인 협약이었다.

북한이 이탈리아와 칠레를 누른다는 것도 국제축구 연혁을 돌아보면 막연한 생각이기도 했다. 이탈리아는 두 차례의 월드컵대회 우승국으로 이번에는 세 번째 우승컵을 들겠다는 의욕으로 응원단 2,000명이 현지에 도착했고 칠레는 1962년 자국에서 진행된 제7회 월드컵대회의 3등보다 더 좋은 성적을 가지려고 응원단 3,000명을 파견했던 것이다.

국제축구가 유럽과 남미의 점유물이라는 인식이기는 해도 북한은 지난해 1965년 11월 캄보디아에서 제8회 월드컵대회의 참가를 위한 최종경기에서 유럽축구의 경험을 가진 호주를 6 대 1, 3 대 1로 대파하고 본선 경기에 참가하게 된 것이다.

북한 선수단은 1966년 6월 평양에서 루마니아 선수단을 초청하여 친선경기를 가졌다. 1 대 1, 무승부였다. 경기가 끝난 후 루마니아 감독은 자기 나라는 유럽에서 중간 정도다. 경기를 해보니 당신들의 실력이 생각보다 좋다고 하면서 몇 가지 조언을 주었다.

당신들의 축구는 신사적이다. 방어에서 공격으로 이전하는 역습속도가 좋다. 유럽축구는 거칠고 난폭하다. 총소리 없는 전쟁이다. 볼을 받는(터치) 동작과 돌아서는 순간동작을 순수하게 하지 말고 때로는 거칠게, 상대선수가 접근하면 어깨로 치고 나가는 몸싸움을 더 익혔으면 좋겠다고 몸소 동작을 보여주었다. 그 후 북한은 날아오는 볼이 몸에서 튀어나지 않게 가볍게 받는 동작과 돌아서는 순간동작을 집중적으로 했고 통나무볏짚기둥을 각형으로 세워놓고 어깨로 툭툭 치는 몸싸움과 태클 동작을 익히고 해볼 만하다는 자신을 가지고 떠나왔던 것이다.

그런데 소련은 경기 전날 국제축구연맹 경기조직에 제출한 첫 출전 선수들의 명단이 모스크바에서 했던 약속과 다른 것이었다. 그때 만났던 주장도 빠졌고 거칠고 난폭한 대기선수 6명이 포함됐던 것이다. 북한은 약속대로 명단을 제출했으니 어쩔 수 없는 것이다. 노련한 골키퍼 이근학과 오윤경이 명단에서 빠졌던 것이다. 그는 몸싸움에서 덩치가 큰 유럽선수들과도 밀리지 않는 신체가 좋은 최후방 수비수였다.

모스크바에서 실무적인 의견이 공식적인 문서는 아니라도 의리상 지켜야 하는 약속이었다. 신영규는 사회주의 형제국가라는 믿음도 이렇게 뒤집는다는 강도의 심리를 허탈하게 받아들여야 했다. 소련 선수들은 경기 시작 20분이 지나면서 자기들의 공격이 먹히지 않자 난폭해졌고 거친 태클로 달려들었다. 전쟁에서 무차별 폭격을 당하는 심경이었다. 의료진에 의하면 강봉칠은 다리 골절로 남은 경기에 출전할 수 없다는 것이다.

김일성의 처남 김성갑의 눈에 띈 신영규

북한은 처음으로 참가하는 국제체육행사로 제8회 월드컵대회 준비를 착실하게 했다. 1966년 1월부터 대동강이 바라보이는 외진 곳에 숙소를 정하고 집단생활을 하면서 참신한 선수들이라는 의미로 출생년도를 25세 이하로 문건을 만들었다. 국가축구선수단은 김일성의 지시로 평양시당위원회에서 책임지고 전폭적으로 지원하고 있었다.

평양시당위원회 조직비서 김성갑은 김정일의 계모 김성애의 동생이며 김일성의 처남으로 권한이 막강했다. 선수들의 숙소 주변은 평양시안전국에서 파견된 안전원들이 지키고 있었다. 가족이 아닌 젊은 여자가 찾아오면 돌려보냈다. 다시 찾아오면 유치장으로 끌어가거나 가정 출신이 불순하면 가차 없이 지방으로 추방시켰다.

신영규는 황해북도 신천지방의 농촌 출신으로 대대로 논밭을 가지고 있는 집안이었다. 아버지는 우리가 배우지 못해 잔악무도한 일본놈들에게 나라를 빼앗겼다면서 마을에 사립학교를 설립하고 소작인들의 아이들은 물론 인근 지방에서 찾아오는 아이들도 무료로 공부시켰다. 그런 연유로 해방 후 빈농민들의 적대계급이라면서 지주들을 청산할 때 마을사람들과 주변지역의 신망이 두터워 처벌을 받지 않았고, 땅만 몰수하면서 기독교인들을 대대적으로 숙청할 때도 우리나라 종교인 동학東學의 천도교인이라는 이유로 무사할 수 있었다.

1950년 열두 살이었다. 북의 남침을 가까스로 막으면서 밀고 올라왔던 국군과 미군이 내려갈 때 아버지는 인민군이 내려오면 자기들을 따라가지 않았다고 남자들을 그냥두지 않을 것이라며 열다섯 살이던 형님을 데리고 남쪽으로 떠나면서 동생과 함께 어머니를 모시고 기다리라고 했다. 전쟁이 끝나고 세월이 흘러도 돌아온다는 약속은 알 수 없는 일이었다.

농민들을 착취하던 지주 자식이라는 계급정책으로 고개

를 숙이고 학교를 다녔다. 다른 아이들보다 신체가 좋으면서 도 유순했고 볼을 찰 때면 지칠 줄 모르는 동작이 성큼성큼 좋았다. 체육선생이 경기에 참가시키면서 중학교를 졸업하고 황해북도체육선수단의 축구선수가 됐던 것이다.

1960년 8월 평양 모란봉경기장에서 8·15해방 15주년기념 전국축구경기에 황해북도축구선수단의 수비수로 참가했던 그는 평양축구선수단의 감독 강능조의 눈에 들었다. 평양체육선수단을 주관하던 평양시당위원회 조직비서 김성갑에게 이야기했다. 그는 전화로 황해북도당위원회 책임비서에게 신영규를 평양축구선수로 쓰겠다고 이야기했다. 김일성의 처남이 요구하는 일이니 어쩔 수 없는 일이었다.

신영규는 그리 달갑지 않았다. 인민군이 북으로 갈 때 따라가지 않았거나 미군이나 국군이 주관하던 기관에서 며칠이라도 근무했거나 남쪽으로 간 월남자가족들, 지주 출신들, 종교인들 특히 기독교인들은 어느 때라도 노동당을 반대할 수 있는 적대세력이라고 숙청하면서 그들의 가족들을 북쪽의 산골들로 줄줄이 추방시키고 있었다.

자기는 황해북도체육선수단의 축구선수라 그러는지 아직은 오라가라 부르는 소리가 없지만 앞으로의 일은 알 수 없는 것이다. 죄인처럼 끌어가고 몰려가는 그들의 모습을 보면서 축구선수로 평양에 간다고 지주 자식이라는 자기의 처지가 달라지겠는가? 강능조에게 가정환경을 숨기지 않고 말했다. 다 알고 있다고, 그런 걱정은 하지 말라고, 너는 나이가 어렸기 때문에 괜찮다고, 너를 부르는 사람이 평양시당위원회 조직비서라고, 수령님의 부인이 그 사람의 누나라고 큼직하게 말해주었다.

계급사회의 복잡한 정치파동을 알기에는 아직 이른 22세 농촌청년이었던 그는 그렇게 평양시축구선수가 됐던 것이다. 그해부터 주전으로 출전하면서 다음해에 소련 원정경기에도 참가하였다. 1963년 10월 인도네시아에서 진행된 가네포(신흥세력) 축구결승경기는 애급(이집트)과 북한의 한판이었다. 이한복이 주장이었고 이근학이 골키퍼였다. 신영규는 오윤경과 수비수로 최후방을 지켰다. 먼저 실점을 당했다. 그대로 끝나는가? 1 대 0의 패배와 1 대 1의 무승부는 하늘과 땅의 차이다.

경기가 끝나려는 마지막 순간, 신영규는 볼을 발끝에 달고 전방으로 나가면서 손을 높이 들고 "동무들 앞으로!" 소리치고 오른쪽으로 길게 날렸다. 이때를 기다렸던 듯 좌측에서 김승일, 한봉진이 달려들었고 우측에서 김봉환, 강봉칠이 달려들었다. 중앙에서는 공시학, 박승진이 달려들었다. 그 뒤로 이한복이 불같이 달려들고 있었다.

애급(이집트) 선수들은 마지막 순간이라 설마하면서도 어쩔 수 없이 이쪽저쪽으로 흩어지는 사이에 한봉진은 날아오는 볼을 발등으로 가볍게 받으면서 다리 사이로 끄는 듯, 앞으로 비껴나가는 박승진에게 가볍게 찔러주는 순간 그대로(발리슛) 때린 볼이 골문으로 날아들었다. 우와—, 1 대 1의 동점! 가장 눈에 띄었던 선수는 볼을 몰고 중앙선으로 나가면서 손을 들고 소리친 선수였다. 주석단에서 경기를 지켜보던 인도네시아대통령 수카르노는 북한대표에게 방금 당신의 선수가 외친 소리가 무슨 내용인가 물었다.

그 사람의 대답이 걸작이었다.

"노동당 앞으로!"

대통령은 고개를 끄덕이며 웃었다는 것이다. 어쨌거나 신영규는 그렇게 북한축구사의 한 페이지를 장식했던 것이다.

월드컵 참가 대비한 비공식 모임

가네포 경기가 끝나고 돌아온 가을날 오후시간에 신영규는 이근학과 같이 기다렸다. 이한복이 공시학과 함께 왔다. 전화가 왔던 것이다. 평양시체육선수단은 김성갑의 지시로 건설비서 왕경학의 주관으로 평천구역 안산지구에 새롭게 자리잡았다. 나지막한 등성이 아래로 넓은 부지에 체육관 건물이 있고 축구장은 보통강 기슭에 있었다. 공시학은 가네포 경기에서 무릎을 다쳐 돌아와서는 병원치료를 받고 있었다.

"괜찮습니까?"

그는 한 살 이상이었다.

"이 정도는 걷지."

지금도 편한 자세가 아니었다. 신영규는 체육관 매점에서 맥주와 당과를 주문하려고 했다.

이한복이 밖으로 나가자고 했다.

"왜 그럽니까?"

"봉환이, 승진이도 오기로 했어."

축구의 중진들이 왜 이렇게 모이는지 궁금했다. 공시학의 몸이 불편하니 천천히 걸었다. 보통강변을 따라 새로 신축한 국제호텔 곁을 지났다. 그곳은 평양의 서북지역 형제산구역에서 보통강구역으로 들어오는 제방 뚝 아래 수로를 따라 흘러온 강물이 낙원동의 봉화산 기슭 뒤편을 지나 서장 등판의 야산을 끼고 돌면서 5호댁(김일성 집)이 있는 중구역의 경계를 스쳐 평천구역에서 다시 보통강 원줄기로 들어가는 마지막 강줄기였다. 새로 건설한 호텔 주변이 공원처럼 꾸려져 있기는 해도 외진 곳이라 아직은 사람들이 별반 찾지 않는 조용한 곳이었다.

김봉환, 박승진이 기다리고 있었다. 신영규는 평양시축구선수단의 주장으로 국가선수단의 수비수고 이근학은 골문을 지키는 골키퍼다. 박승진은 압록강선수단의 공격수이고 김봉환은 기관차선수단의 공격수다. 이한복은 2·8선수단의 주장이면서 국가선수단의 주장이고, 공시학은 공격수다. 국가축구선수단에서 이들의 실력은 막강했고 서로 의리가 좋았다. 이들 중에 있어야 할 동료들로 좌측중간 공격수 한봉진, 최후방 수비수 오윤경, 좌측최전방 공격수 김승일은 병원치료를 받고 있었다.

그들은 공원 잔디밭에 편한 자세로 둘러앉았다. 자연스런 모임 같으면서도 주고받는 농담도 없이 어딘가 심중했다. 이한복이 국가선수단에서 은퇴하겠다는 것이다. 친구들끼리 모여 앉는 일반적인 자리가 아니었다. 그래서 맥주와 당과를 거절했는가?

신영규는 놀랐다.

"왜요?"

그런데 이근학, 김봉환, 박승진, 공시학은 알고 있었는지 덤덤했다. 왜 자기만 모르고 있었지? 이한복은 신영규가 자기보다 두 살 아래라도 그동안 국가선수단에서 생활을 보면 실력도 출중했고 말과 행동이 듬직했다. 경기가 진행되는 중에도 최후방 수비수로 전방에 대한 전술 이해가 좋았다. 동료들, 특히 선수들에 대한 마음이 너그러우면서도 진지했다. 그래서인지 감독들도 다루기 힘들어하는 박승진도 그의 말에는 고개를 숙이는 것이다. 북한축구에서 그는 최전방 공격수로 필수적인 선수였다.

"승진이, 우리는 조용해야지."

박승진의 집은 여관업 출신이라지만 사실은 밀주장사로 살아온 집안이며 기독교인들이다. 아버지는 1950년 전쟁에서 남쪽으로 먼저 내려가 자리를 잡겠다면서 떠났고 형님은 1956년 8월 황해남도로 내려가 연안에서 새벽 썰물을 타고 갔던 것이다. 지주 출신이고 아버지와 형님이 남쪽으로 내려간 신영규의 가정환경과 비슷했다.

북한의 정치체제에서는 갑산광산이나 무산광산, 아오지탄광이나 상화탄광에 갔어야 했던 것이다. 정치수용소로 끌려갈 수도 있는 것이고 어쩌면 누구도 모르게 반동분자로 처형될지도 모르는 것이다. 그러니 너와 나, 우리는 조심스럽게 살아야 한다는 심중의 충고였다. 축구선수의 남다른 실력이 아니었으면 그들의 운명은 알 수 없는 것이다.

이한복이 말했다.

"나는 몸도 아프고 다리도 다쳤지 않아."

그의 몸 상태로 말하면 그런 정도의 부상이나 병치레는 거칠게 뛰어다니는 축구선수에게는 누구에게나 있는 것이고 현재 선수들 중에도 몸이 지쳐 치료를 받고 있다.

"감독은 알고 있습니까?"

국가선수단의 감독 명례현을 말하는 것이다.

"알고 있어."

그가 알고 있다면 결심이 됐다는 것이다. 국가축구선수단을 구성할 때 무력부의 간판을 달고 있는 2·8선수단의 감독이 국가선수단의 감독이 되는 것이고 주장도 2·8선수단의 주장이 국가선수단의 주장으로 되는 것이다. 북한정치체제의 방침이다.

이한복은 이 문제를 가네포 경기가 끝나고 돌아와서부터 생각했던 것이다. 신영규는 인격으로 보나 축구 실력으로 아끼고 싶은 후배이지만 가정환경의 출신으로 보면 그저그런 선수로 남게 될 것이며 언제인가는 산골로 추방될 수도 있는 것이고 누구도 모르게 정치수용소로 끌려가 개처럼 맞아죽을 수도 있다. 그곳에는 인격이 존재하지 않는다. 죽일 수 있다는 강제의 폭압만 있는 것이다.

그런 불행한 일을 면하게 하려면 자기가 2·8선수단에서나 국가선수단에서 주장으로 있는 동안 어떤 방법으로든 국가선수단의 주장을 신영규에게 넘겨주고 그의 실력으로 바랄 수는 없지만 특별한 이유를 만들어 노동당에 입당시켜보자는 것이다. 당원이 아니고서는 설자리 앉을자리가 불안한 것이 북한사회의 정치적 편향이다.

그런 일이 가능하려면 김일성의 동생이며 당중앙위원회 조직지도부장(간부담당)인 김영주의 승인을 얻어야 하는 것이고 결국은 김일성이 알고 있어야 하는 것이다. 국가축구선수단의 주장은 해외로 나가는 정치행사의 중요대상이기 때문이다. 선수단이 해외로 원정을 떠날 때는 감독이나 주장은 물론 출전 선수들의 명단을 김일성에게 서면으로 보고하는 것이다.

이한복은 아버지가 1950년 6월 25일 전쟁 참가로 괜찮은 편이다. 축구선수로 실력이 인정되면서 25세로 노동당에 입당했다. 그리고 2·8선수단의 주장이 되면서 국가선수단의 주장이 됐던 것이다. 미드필더로 경기 전반을 조율하는 능력이 좋았고 선수들과는 인내하는 편이다.

오늘의 이 자리가 누구의 승인된 모임은 아니라도 내심으로는 이미 합의된 사항이었다. 핵심들과는 개별적으로 충분한 의견을 가졌고 며칠 전에는 평양시당위원회 조직비서이며 김일성의 처남인 김성갑을 만나 신영규를 국가축구선수단의 주장으로 세워주면서 노동당에 입당시켜달라는 제의를 했던 것이다.

김성갑은 신영규가 신천지방의 지주이며 남쪽으로 도주한 적대분자의 아들이라는 것을 알면서 데려왔고 평양시축구선수단의 주장도 자기가 승인했던 것이다. 그러나 국가선수단의 주장이나 노동당의 입당은 자기의 권한으로 밀어붙일 수 있는 사항이 아니다. 노동당의 조직규범에는 지주와 자본가 출신들과 각이한 파의 종교인들, 적기관 복무자와 같은 출신들은 입당시킬 수 없다는 내부의 준칙이 있는 것이다. 간혹 예외이기는 해도 시대적인 조건에 따라 자기의 계급적 환경을 뒤집는 뜻밖의 경우가 있기는 하다. 국가선수단이 해외 원정경기에서 결과가 좋으면 그 성과의 많은 몫이 주장의 평가로 이어질 수 있기 때문이다.

이한복은 신영규에게 그런 특별한 조건을 만들어주자면 우선 그를 국가축구선수단의 정식 주장이기 전에 임시 주장으로 내세워주어야 할 것이라고 생각하고 있었다. 그로부터 얼마 후 제8회 월드컵대회의 참가 문제가 국가의 최대 관심사로 떠오른 것이다. 김일성은 이 기회를 국제사회로부터 스탈린과 모택동이 보내준 무력으로 동족상쟁同族相爭을 일으킨 침략의 하수인으로 지탄받고 있는 자기의 공산주의 체면을 벗을 수 있는 절호의 기회로 생각했던 것이다.

국가축구선수단의 구성을 위해 2·8선수단의 감독 명례현, 평양선수단의 감독 강능조, 압록강선수단의 감독 김광섭, 기관차선수단의 감독 노택림, 2·8선수단의 주장 이한복, 평양선수단의 주장 신영규, 국가선수단에서 골키퍼로 활동하고 있는 이근학이 한자리에 모였다.

현역에서 은퇴하려는 이한복의 자리에는 중거리볼이 좋은 림중선을 세우기로 했다. 그는 제18회 올림픽 아시아지역 최종예선 미얀마의 경기에서 오른쪽 35미터 중거리볼을 성공시켜 1 대 0을 만들었던 것이다. 무릎부상으로 은퇴하려는 공시학의 자리에는 동작이 투박하기는 해도 체통이 있으면서도 신장이 좋은 박두익을 세우기로 했다. 최전방 공격수들로 박승진과 김봉환은 신장이 171, 173센티미터 정도로 훤칠한 유럽선수들과 대결하기에는 점프에서 신체적 약점이 있었다. 그 사이에 신장이 184센티미터 정도로 서양인들과 맞설 수 있는 상대가 박두익이었다.

감독으로는 2·8선수단의 감독 명례현, 코치들로는 평양시선수단의 감독 강능조, 그는 북한축구의 선배였다. 압록강선수단의 감독 김광섭, 기관차선수단의 감독 노택림, 함경북도 선수단의 감독 연승철, 그는 얼마 전까지도 국가축구선수단에서 최전방 공격수로 뛰었던 경험이 있고 능란한 전술가로 공격진을 맡기로 했다. 골키퍼코치는 따로 두지 않고 국가축구선수단의 골키퍼로 활동하고 있는 이근학이 현역선수로 참가하면서 후비로 이찬명을 지도하기로 했다. 21세 나이에 촐랑거리기는 해도 동작이 민첩했고 전방에 대한 육안판단이 좋았다. 그러고 보면 북한축구의 중진들이 적당하게 배정된 것이다. 이런 선수단의 조직은 명례현의 구상이었다. 그는 축구선수들의 거친 내면을 심리적으로 인내하는 여유로운 일군이었다. 주장은 임시로 신영규가 맡기로 했다. 이런 선발이 최종적으로 승인 비준된 것은 아니라도 사실상 제8회 월드컵대회의 참가를 위한 비공식 모임이었다.

신영규, 임시 주장에 오르다

이한복이 2·8선수단에서나 국가선수단에서 주장을 은퇴하면 중앙 공격수이면서 중진인 공시학이 뒤를 이어야 했지만 그도 무릎부상으로 은퇴한다면 2·8선수단에서 주장은 림중선이 맡아야 될 것이라는 것이 어쩔 수 없는 생각이다. 그러나 그는 선수들과의 관계가 원활하지 못했다. 신체적으로 볼 때 중장거리볼로 축구선수의 자질은 괜찮다. 그런 자신감 때문인지 자기를 내세우려는 멋이 있었다. 후배들에게는 인사를 꼭 받으려고 했고 훈련을 하면서도 누구를 가르치려고 했다.

그가 누구든 훈련은 연령 차이나 선수 연혁에 관계없이 서로 동급인 것이다. 지도는 감독이나 코치들이 하는 것이지 선수가 선수를 가르치는 것이 아니다. 그런 멋스러운 태도로 동료들이나 후배들의 눈 밖에 나 있는 것이다. 그는 아버지가 축구선수 출신으로 어려서부터 기술을 지도받으면서 비교적 체계적으로 자란 선수였다. 노동당에도 이한복의 뒤로 입당했다. 가정환경으로 보나 북한의 정치체제로 보면 2·8선수단에서나 국가선수단의 주장이 되어야 하겠지만 그런 중임을 맡기기에는 서로의 관계가 어설펐다. 축구는 개별적인 기술동작이면서도 정신력 단합이 없이는 불가능한 것이다. 으스대려는 그의 우월적인 문제가 감정의 불신으로 이어지면 내부적으로 복잡해질 수 있는 것이다.

명례현은 그를 조용히 만났다.

"한복 동무나 시학 동무가 은퇴하면 앞으로 2·8선수단의 주장은 누가 맡아야 되겠소?"

그도 생각하고 있었는지 스스럼없이 물었다.

"그러면 국가선수단의 주장도 맡아야겠지요?"

아니, 라고 생각하면서도 말끝을 서두르지 않았다.

"그래야겠지."

잠시 사이를 두고 말을 이었다.

"2·8선수단의 주장은 당분간 한복 동무가 그대로 맡고 국가선수단의 주장은 압록강선수단이나 기관차선수단, 평양시선수단에서 나와야 할 것 같은데 림 동무 생각은 어떻소?"

"국가선수단의 주장이라면 실력뿐만 아니라 선수들을 지도할 통솔력도 있어야지요?"

묵묵히 턱을 끄덕이었다.

"그러자면 출신성분이 좋아야지요?"

출신성분? 이것이 문제였다.

"그래야겠지."

그러면서 은근히 말꼬리를 달았다.

"국가대표선수로 선발된다는 것은 그가 누구든 실력이나 정신적 준비는 돼 있는 것으로 봐야 하지 않을까?"

"우리는 같은 선수로 누구라도 좋게 생각할 수 있지만 실력이 좋다고 아무나 세우면 당에서 승인하겠습니까?"

당에서? 국가축구선수단의 주장이라면 당중앙위원회의 승인이 있어야 한다는 것이다. 결국은 김일성을 말하는 것이다.

림중선은 저대로 선수들의 면면을 분석했다.

"기관차선수단에서 김봉환이 기관사 출신으로 노동계급이라고 하지만 선수들을 다루는 데는 붙임성이 없습니다."

너는? 묻고 싶어도 더 듣기로 했다.

"압록강선수단에서 박승진이 축구 실력은 있어도 사상동향이 아주 나쁩니다. 노친은 지금도 하느님을 부릅니다."

박승진의 노친이 저녁이면 윗방에서 하나님을 부른다는 것은 말을 하지 않을 뿐이지 가까운 선수들이나 해당 조직은 알고 있는 것이다. 박승진도 그런 내용을 압록강선수단 정치부에 이야기하면서 앞으로 어머니의 마음을 돌리겠다고 했던 것이다. 노친은 밀수장사로 살아온 품질이라 남의 말을 듣지 않고 멋대로 고집이 센 것이다.

명례현은 림중선이 2·8선수단에서, 빅승진은 압록강선수단에서 소속은 서로 달라도 국가선수단에서 수 년을 같이 활동하면서도 뒤에서 이렇게 출신성분을 걸고 늘어지리라고 생각하지 못했던 것이다. 이런 마음가짐이 노동당의 정치적 요구이기는 하겠지만 각이한 계층과의 집단생활에서는 필연코 좋은 일이 아니다.

체육인 기질은 정치적 배경이 좋다고, 가정환경 출신이 좋다고, 부모가 높은 자리에 있다고 그 자식들이 잘할 수 있는 것이 아니다. 체육선수의 기능은 일반적으로 누구나 가질 수 없는 그들만의 천부적인 재능이다. 자기만의 남다른 동작을 가지고 있다는 의미에서 그런 정치적 감정의 갈등이 내부의 은근한 심리로 번질 수 있으며 국제경기의 결정적인 순간에 예견하지 못했던 파멸을 야기할 수도 있는 것이다.

림중선은 저대로 말을 이었다.

"한봉진이 동작은 좋아도 마음이 어집니다. 실력이 좋으면서도 신사 같은 신영규나 툭툭 걸치는 김봉환이나 톡톡 튀는 박승진, 계집애 같은 김승일을 다루겠습니까? 강봉칠은 시키는 대로 할 뿐입니다."

너는? 묻고 싶어도 또 기다렸다.

"박두익이 신장도 좋고 실력이 그만하면 괜찮아도 아버지가 형님들을 데리고 남쪽으로 도주했잖습니까?"

모르는 척 물었다.

"그게 사실이요?"

"그렇습니다."

박두익은 아버지와 두 형님이 전쟁 중에 폭격에 죽었는지 소식이 없다면서 행방불명이라고 했지만 정치조직에서는 알고 있는 것이다. 아버지와 형님들이 남쪽에서 미국으로 갔고 최근에는 캐나다로 갔다는 것도 알고 있다. 그는 자기의 가정사가 구체적으로 밝혀졌다는 것을 모르고 있을 뿐이다.

림중선은 말을 이었다.

"2·8선수단에서 오윤경이 수비 실력도 좋고 가정환경이 괜찮기는 해도 투박합니다."

그는 누구와 말을 잘하지 않는다. 어찌 보면 무뚝뚝한 사나이다. 그러면서도 신영규와는 각별한 사이였다. 아버지가 1950년 전쟁에서 폭격으로 불구가 됐으니 적극적으로 좋은 편은 아니라도 괜찮은 것이다. 이렇게 저렇게 다 추리고 나면 실력으로 보나 출신성분으로 남는 것은 림중선이지만 현재 국가선수단의 각이한 출신들의 구성으로 그의 유별난 정치적 감정으로는 주장으로 세울 수 없는 것이다.

소속은 다르지만 국가선수단에 모이면 그의 말대로 톡톡 튀는 박승진, 입이 무거운 오윤경, 유순하면서도 자부심이 강한 한봉진, 작은 체구이면서도 동작이 빠른 김승일은 여차하면 처녀애같이 쌩하게 토라지는 그를 어떻게 다루겠는가? 그들은 림중선을 친구라기보다 중거리볼이 괜찮은 축구선수로 생각할 뿐이다.

김봉환은 림중선이 후배들 앞에서 팔짱을 끼는 멋스러운 틀을 윈눈으로도 보지 않는다. 오랜만에 국가선수단에 모여도 먼저 부르지 않는다. 그렇게 은근히 거스르는 그를 어떻게 다루겠는가? 20대 초반 선수들, 특히 하정원은 림중선이 부르면 대답할 뿐이지 상종하려고 하지 않는다. 그러면서도 이한복이나 공시학, 오윤경, 신영규, 박승진, 김봉환, 한봉진, 김승일에게는 먼저 깍듯이 인사를 차린다. 후배들이 다른 선배들과 자기와는 왜 그러는지 그 이유를 모르는 것은 자기 존재의 아둔한 우월감 때문이다. 그런 이유로 그는 중진이면서도 선배의 대접을 받지 못하고 왕따를 당하고 있는 것이다.

명례현이 조용히 불렀다.

"림 동무."

"예?"

"우리는 지금 국가선수단의 주장도 없는 상태에서 호주와 제8회 월드컵대회의 참가를 위해 캄보디아로 원정을 떠나겠는데 영규를 임시 주장으로 세우면 어떨까?"

놀라면서 되묻는다.

"그렇게 해도 되겠습니까?"

저로서도 뜻밖이었는지 말을 이었다.

"영규가 축구 실력은 좋아도 신천지방의 대지주 아들입니다. 아버지와 형님은 조국을 배반하고 남쪽으로 도망쳤지 않습니까?"

이런 내심이 노동당 충신으로는 되겠지만 사회의 각이한 계층을 아우르는 집단생활에서는 절대 좋은 행위가 아니다.

네 편 내 편이 결국은 자기 조직을 스스로 말아먹는 것이다. 국가도 내부가 혼란스러워지면 결국 무너지는 것이다. 그것은 지금까지 흘러온 사회의 진리다.

명례현은 묵묵히 기다렸다.

"당에서 승인하겠습니까?"

"그러니까 당분간 임시 주장으로 세우자는 거지. 원정을 떠나면서 국가선수단이 주장도 없다면 되겠소?"

체육선수단이 해외로 나가면 각국 기자들은 먼저 감독과 주장을 찾는다. 그런 의미에서 주장은 인격의 품위나 언행에서 선수단 존재는 물론 국가 위상도 달라질 수 있는 것이다.

"그동안 국가선수단에서 오랫동안 골키퍼로 활동한 이근학이 있잖습니까? 책임감이 있습니다."

림중선은 가정환경의 출신성분으로 보나 지금까지 축구선수의 자질로 국가선수단의 주장은 자기가 적합하다는 말을 못하고 그 이유를 빙빙 돌리고 있는 것이다.

"근학은 현역으로 훈련하면서 찬명을 지도하기로 했소."

"찬명을 골키퍼로 정했습니까?"

"아니, 현재는 근학 다음으로 지명했소."

잠시 사이를 두고 말했다.

"이번에 우리가 곁에서 잘 도와주면 영규가 국가선수단의 임시 주장으로 의무를 다하지 않을까?"

명례현은 경기를 끝내고 돌아오면 다른 일이 있으리라는 기대를 은근히 주려고 했다. 국가선수단의 임시 주장으로 신영규라고 선포하면 되는 것이지만 가정환경의 출신이 복잡한 것으로 해외 원정경기를 떠나는 선수단의 주장을 반동계급 출신을 세우는 것은 노동당의 정치정책에 위반된다고, 해외로 나가서 아버지나 형님이 도주한 남쪽으로 달아나버리면 어떻게 하겠는가? 자신의 충실성을 인정받으려고 누가 당중앙위원회에 편지를 날리면 내부가 혼란스러워질 수 있는 시한폭탄 같은 일이었다.

이한복이 아무리 생각해도 림중선이 이런 이유를 들고 나설 수 있다고 말했던 것이다. 듣고 보니 그렇다. 핵심선수들과는 통하였지만 보통강변의 잔디밭에서 그를 빼놓은 것은 그에게 정치이념의 야심이 있으리라는 것을 예견했기 때문이었다. 그런 문제로 선수단이 시끄럽지 않게 하려면 그의 마음을 사전에 추슬러야 했던 것이다.

림중선이 물었다.

"원정경기에서 우리가 호주를 누르면 정식 주장은 누가 됩니까?"

명례현은 말끝을 돌렸다.

"유럽선수들의 생활에 적응된 호주를 누를 수 있겠소?"

"지난 번 가네포 결승 경기에서 각국 전문가들은 우리가 애급(이집트) 선수들과는 상대도 되지 않는다고 했잖습니까. 그런데 서로 밀고 당기고, 결국은 1 대 1로 끝나기는 했지만 후반전은 완전히 우리의 경기였습니다."

"그랬지. 그 경기에서 림 동무의 역할이 좋았소."

"아닙니다. 그때는 다 잘했습니다."

마음이 누그러지는 자세다.

"림 동무."

"예?"

"영규가 출신성분은 복잡해도 지금까지 성실했고 실력뿐만 아니라 동료선수들에 대한 이해도 좋고 경기에 대한 감각도 좋거든."

"그런 면은 있습니다."

"이번에 림 동무를 비롯한 중진들이 영규를 임시 주장으로 내세워주면서 잘 도와주면 좋을 것 같아."

"예. 그렇게 하겠습니다."

그리고 물었다.

"우리가 호주를 누르고 제8회 월드컵에 참가하게 된다면 정식 주장을 세워야겠지요?"

"그동안 당에서 출신성분이나 국가대표선수로 자질을 종합해서 누구를 임명하겠지."

"알겠습니다."

대답 소리가 편하게 들렸다. 당에서 축구 실력이나 가정환경의 출신성분을 고려할 것이라니까 마음이 놓이는 모양이었다. 그렇게 된다면 누구누구해도 자기라고 점을 찍고 있을지도 모른다.

소련에 3 대 0으로 패한 월드컵 첫 경기

신영규는 다음해 명례한과 이한복, 동료선수들의 추천을 받아 국가선수단의 임시 주장으로 캄보디아에서 제8회 월드컵 참가를 위한 호주와 최종경기를 박승진 3골, 한봉진 2골, 김승일 2골, 박두익 1골, 임성휘 1골로 9 대 2라는 점수로 대파하고 돌아와 김일성의 치하를 받으면서 노동당에 입당했고 정식 주장으로 임명되었다. 누구도 거스를 수 없는 명분이다. 자기로서는 바랄 수 없었던 영광의 꿈이었다.

그뿐이겠는가, 당중앙위원회 비서 박금철은 김일성을 대신하여 선수들을 만나는 자리에서 국가대표선수들의 출신이 복잡하다는 것을 알고 그들의 마음을 풀어주려고 노동당은 자식을 품어주는 어머니와 같은 은혜로운 품이라면서 전쟁의 복잡한 환경에서 가정의 어려운 문제가 있으면 이야기하라고, 우리당은 정치적으로, 계급적으로 차별을 두지 않는다고, 그런 품위가 우리당의 군중노선이라고 너그럽게 웃으면서 말했다.

그는 실지로 인품이 있는 사람이다. 사업문제로 누구에게 소리를 지르거나 눈을 흘기지 않는다. 너부죽한 얼굴이 잘생긴 모습은 아니라도 호박하게 웃을 때는 누구나 마음이 푸근해지는 것이다. 그 자신이 부유한 집안으로(장인이 지주였다) 일제치하에서는 혜산과 갑산 일대에서 반일투쟁을 하면서 서대문형무소에서 어려운 감방생활도 했다.

1950년 전쟁에서는 인민군 4사의 정치위원으로 북만에서 빨치산부대의 중대장이었고 1946년 동북항일부대의 연대장이었던 사단장 임철 이하 전부대가 미군과 국군부대에 포위되어 항복해야 하는 순간에도 야음을 타고 30여 명의 정치부성원들을 이끌고 김일성을 찾아갔던 것이다. 그런 충실성으로 당중앙위원회 비서라는 최측근 자리에 오르게 된 것이다.

축구선수들 중에는 신영규, 박승진과 같은 출신성분이 복잡한 가정들도 있으나 그들은 집안 내력을 숨기지 않았지만 박두익은 숨겨진 자기의 가정사를 말하지 않았던 것이다. 그는 축구선수의 기질은 있어도 소심한 편이어서 자리에서 선뜻 일어나지 못했다.

당에서 그렇게 믿어주어도 속심을 숨기고 있다는 이유로 영국으로 떠나면서 출전 명단에 넣을 것인가, 고려가 많았다. 중앙 공격수로 박승진, 김봉환, 박두익의 삼각편대를 대신할 만한 선수가 없다는 것이 문제였다. 결국 승인되면서 출신성분이 복잡한 자들의 탈출행동은 예견할 수 없다는 이유로 신변보호의 명목으로 두 명의 감시원들을 각각 밀착시켰던 것이다.

이찬명이 일어나 울먹거리며 자기를 손잡아 키워준 외삼촌이 지금 감방에 있는데 떠나기 전에 만나보고 싶다고 했다. 어린아이 같은 투정이었다. 박금철은 웃으면서 외삼촌이 왜 잡혀갔는가. 죄목은 뭣인가 묻지도 않고 그 자리에서 전화로 사회안전부의 1부상 이진수를 불러 즉시 석방시키라고 했다. 경제범으로 8년형을 받고 있던 죄수는 무슨 영문인지 모르고 밖으로 나오면서 조카를 만났던 것이다.

이찬명은 그 감격으로 전국방송 모임에서 공화국 깃발을 높이 들고 조국의 골문을 철벽으로 지키겠노라고 열변을 토했고 신영규는 충성의 마음을 담아 수령님 말씀을 가슴에 새기고 조국을 위하여, 인민들의 믿음에 보답하겠다고 굳은 맹세를 했던 것이다. 그런 열망을 안고 떠나온 첫 경기에서 소련 선수들의 거친 태클 과정은 어찌됐든 결과는 3 대 0의 패배였다. 조국에서는 무엇이라고 생각하겠는가? 누구도 알 수 없는 이국의 하늘이라도 얼굴을 들고 어디를 바라볼 수 없는 참담한 심정이었다.

김기수가 찾았다. 그는 국가체육지도위원회 위원장이며 대표단의 엄격한 단장이다. 강원도 출신으로 체격이 크면서 누구에게 쉽게 굽어들지 않는 꿋꿋한 사람이다. 해방 전에는 학생 신분으로 반일투쟁을 하면서 일제경찰의 추격으로 감방생활도 했고 해방 후에는 강원도에서 공산당 하부조직을 결성하면서 활동하였다.

만주빨치산 출신 림춘추가 강원도당위원회 책임비서로 오면서 그의 부하로 사업하였고 1950년 10월 후퇴 시기에는 고원지구 빨치산부대에서 정치일군으로 활동하였다. 전후에 당중앙위원회로 소환되었다. 김일성은 체육 부문에 분파가 심하다고 그들을 틀어쥘 수 있는 강력한 일군이 필요하다면서 그에게 체육사업의 전반을 맡겼던 것이다. 곁에는 당중앙위원회에서 파견된 정치부단장이 있었다. 유순하게 웃으면서도 말을 잘하지 않는 깔끔한 사람이었다.

단장이 물었다.

"힘들지?"

신영규가 노동당에 입당하고 국가선수단의 주장이 되는 데는 그의 관심도 있었다. 그가 출전 선수들의 명단을 가지고 김일성에게 설명하면서 신영규의 가정사를 숨김없이 진지하게 이야기했던 것이다. 김일성은 아버지가 우리나라 동학東學의 천도교인으로 사립학교를 세우고 아이들을 무료로 공부시켰다면 괜찮은 사람이라고 했던 것이다.

자기를 그토록 믿어준 마음이 미안했다.

"면목이 없습니다."

출전 준비를 끝내고 평양을 떠나오기 전날 감독 명례현과 주장 신영규를 불러 국제사회가 1950년 전쟁의 갈등으로 우리나라를 정식 국가로 인정하지 않고 불량한 정치집단으로 본다는 내용을 이야기하면서 그럴수록 우리는 서방사람들에게 '동방의 예의지국'이라는 도덕적 품성을 보여주면서도 강인한 정신으로, 설사 경기에서 패하는 경우에도 행동에서는 절대 물러서지 말 것을 강조했던 것이다.

"강 동무는 나머지 두 경기를 무조건 내밀어야 한다고 하는데 선수들의 부상이 심해서 그렇게 할 수 있겠소?"

나머지 두 경기는 칠레와 이탈리아를 말하는 것이다. 강능조는 나가자 감독으로 평판이 있는 사람이다. 상대의 전술에 따라 2—4—4의 급진적인 공격이거나 어느 정도 완화하는 3—4—3의 작전으로 어쨌든 공격적이다. 명례현은 수비를 위주로 4—4—2의 전술로 역습을 노렸고 공격적인 경우에서도 3—5—2로 중간지대를 강화는 작전을 기본으로 실점하지 않으면서 순간 역습을 노리는 것이다.

강능조는 소련과 첫 출전명단에 그들의 거칠고 무례한 성향을 염두에 두고 골키퍼는 경험이 있는 이근학과 최후방 수비로 오윤경과 신영규를 세워야 한다고 했으나 명례현은 소련과 약속이 '무승부'라면서 국제경기의 실전경험을 키우는 의미로 첫 경기부터 이찬명을 골키퍼로 하고 몸체가 좋고 동작이 완강한 오윤경을 아끼는 의미에서 제외시켰던 것이다. 결국 그들의 마구잡이 태클로 선수들이 들것에 실려나가면서 수적인 열세로 3 대 0의 패배였다. 경기경험이 없는 이찬명은 소련 선수들의 무지막한 행동에 당황하면서 첫 번째, 두 번째 골을 펑펑 먹었던 것이다.

소련 감독 모로조브는 1961년 모스크바에서 있었던 스파르

타와 경기에서 북한의 골문으로 철벽으로 지켰던 이근학과 자기들의 거친 공격을 여유롭게 막았던 신영규와 오윤경을 견제하려고 '무승부'를 제기했던 것이다. 그렇지 않고 그들의 벽에 막히면서 박승진이나 한봉진, 김봉환에게 불의에 일격을 당할 수도 있는 것이다.

경기에서 특히 국제경기에서는 한순간에 정황이 뒤집어지면서 나라의 위상이 추락하는 경우가 있다. 실력도 중요하지만 때로는 운도 따라야 하는 것이다. 그렇다고 그런 실패를 어디에 하소연할 수 있는 것도 아니다. 명례현은 모로조브의 간교한 전략에 말려들면서 씁쓸한 심정으로 어이없이 바보가 된 꼴이었다.

칠레와 이탈리아는 물러설 수 없는 결전이었다.

"저도 그렇게 생각합니다."

"알겠소."

지금은 전략전술을 떠나 선수들에게 남은 경기의 승산은 이기거나 지거나 이판저판, 끝까지 내밀어야 하는 것이다. 그러자면 부상이 심한 선수들에게 육체적 부담보다도 할 수 있다는 강인한 정신이 필요한 것이다.

칠레와 두 번째 경기, 극적인 무승부

신영규는 다음날 선수들을 조용히 침실로 불렀다. 강봉칠은 다리골절로 경기에 나설 수 없어도 철사보호대를 대고 양쪽 목발로 왔다. 첫 경기에서 심한 부상을 당한 그에게 미안했다. 출전 선수들이나 대기선수들이나 3 대 0이라는 패배의 절망감이 침울했다. 평양을 떠나올 때 "조선의 본때를 보이고 돌아오라"고 했다는 김일성의 말이 귀에 들리는 것 같았다.

"소련과 첫 경기는 우리의 전술과 기술의 패배가 아닙니다. 국제무대에서 체육의 교활한 외교경험이 적었던 우리의 실책이었습니다. 그들은 지금 자기들의 무자비한 승리를 자축할지 모르겠지만 우리를 그렇게라도 속여야 했던 것은 그들이 우리의 축구 실력을 무시할 수 없었던 것입니다."

듣고 보니 그렇다. 북한 선수들의 강인한 축구 실력에 얼마나 노심초사했으면 그렇게도 무지막한 행동과 파렴치한 술수를 썼겠는가. 돌아보면 스스로도 부끄러운 일이 아닐 수 없는 것이다.

"우리가 이런 정도의 실패에 물러서겠습니까? 아닙니다. 경기는 아직 끝나지 않았습니다. 우리의 심한 부상과 아픈 마음을 아시고 수령님께서 친히 위로 전문을 보내주었습니다."

김일성은 어제 오후시간에 소련과 첫 경기에 대한 보고를 받고 그들의 난폭한 행위를 당하면서 11 대 8이라는 수적 열세로 어려운 조건에서 용감하게 싸웠다고, 다른 경기들에서도 결전의 마음으로 잘 싸우고 돌아오라고 하였다. 선수들은 위로 전문을 받으면서 눈물을 흘렸던 것이다.

신영규의 말은 조용하면서도 힘 있게 울렸다.

"우리는 남은 경기에서 자본주의 전통이 강한 축구의 본고장에 우리가 무엇 때문에 왔는가를 우리의 강인한 정신으로 보여주어야 하겠습니다. 축구를 하면서 거친 태클에 죽는다면 그것은 조국의 영광이고 자랑일 것입니다. 잊지 맙시다. 지금 세계가 우리를 지켜보고 있습니다. 조국에서는 승리의 소식을 간절히 기다리고 있습니다. 우리는 수령님께서 적진에 파견한 혁명전사들입니다.”

그 자리에 참가했던 정치부단장은 선수들의 분위기가 숭엄하고 진지하기에 들어올 때처럼 조용히 나갔다. 후일 김일성은 신영규의 절절한 호소를 전해 듣고 결심이 대단했다고, 몹시 감격했다고 한다. 그들의 모임은 누구의 요구가 아닌 자신들의 마음을 다지는, 더는 물러설 수 없다는 조국을 위한 필사의 결의였다.

7월 15일 칠레와 두 번째 경기에도 이찬명이 골키퍼로 출전했다. 신영규는 감독과 코치들에게 앞으로 조국의 골문을 계속 지키려면 아직은 어려도 이런 커다란, 난폭한 국제경기에서 성장할 것이라고 말했던 것이다. 경기는 처음부터 완강한 방어와 거센 돌진으로 달려들었다. 소련과 첫 경기에 나서지 못했던 오윤경은 최후방 수비수로 상대의 공격을 억척으로 막았다. 뼈대가 굵어 신체가 좋기도 했지만 몸을 사리지 않는 동작이 민첩하면서도 투지가 강했다. 서로 부딪치면 체격이 큰 사람도 뒤로 떨어지는 것이다. 그는 통뼈로 알려진 선수였다.

경기가 시작되면서 박승진의 불 같은 골이 터졌으나 심판은 공격위반으로 판정했다. 이놈이나 저놈이나 국제조직의 심판들은 북한을 불량한 정치집단으로 이렇게나 저렇게나 트집을 걸면서 좋게 보지 않았다. 그렇다고 어쩔 수 없는 것이 그들의 유일무이한 국제주의 권한이다. 전반 26분에는 북한의 골문 앞에서 11미터 페널티킥을 선언했다. 그렇게 먼저 실점을 당하고 전반전이 끝났다. 제7회 월드컵대회의 3등으로 자신만만하게 나섰던 칠레는 북한의 불 같은 공격에 놀랄 수밖에 없었다.

전반 경기가 끝나고 15분 휴식시간에 감독과 코치들의 전술지도가 있은 후 신영규는 선수들에게, 특히 중앙 공격수 박승진, 박두익, 김봉환, 좌우측 공격수 한봉진, 하정원에게 후방은 자기와 오윤경, 림중선, 박리섭이 막을 것이니 공격을 더 강화하라고 주문하면서 중앙선에서 임성휘, 양성국, 이동원은 공격에 적극 가담하라고 했다.

이찬명이 한마디했다.

"골문은 내가 철벽으로 지키겠습니다."

11미터 페널티킥 골로 한 점을 잃기는 했으나 세 차례의 슛 공격도 어렵지 않게 막았다. 볼을 잡고 전방에 대한 육안 판단이 좋아 휘두르는 팔동작으로 선수들에게 제때에 던져주었다. 볼을 던지는 그의 손길은 중앙선을 멀리 넘기는 특이한 기질이 있었다. 후반 경기는 비가 내리는 불리함 속에서도 북한이 끌고 다녔다.

칠레의 3,000명 응원단을 상대로 북한 선수들을 응원하는 영국인들의 함성이 대단했다. 칠레 선수들이 수비를 촘촘하게 막고 있으니 기다리는 북한의 골이 잘 터지지 않았다. 경기가 막판으로 가면서 칠레는 11미터 페널티킥 골, 그것으로 경기를 끝내려고 조금만 부딪쳐도 쓰러지면서 지연전술을 쓰고 있었다. 관중석에서 휘파람소리가 울리고 야유가 쏟아져도 경기는 경기일 뿐이다. 칠레의 응원석에서 경기가 끝나기를 기다리는 초조한 순간이 아득바득 흐르는 사이, 철렁! 영국인들이 그토록 바라던 마지막 시간에 박승진의 통쾌한 골이 터졌다.

우와—, 에잇(8)! 에잇(8)! 경기장은 박승진의 등번호를 힘차게 연호하면서 자기 선수들이 골을 넣은 것 이상의 환호를 보냈다. 후일 신영규는 그들이 보여준 열정은 대단한 함성이었다고 했다. 경기는 1 대 1로 끝난 무승부였으나 북한으로서는 서방세계의 중심이며 축구강국들이 모여 있는 유럽에서 얻은 값진 승부였다.

대표단의 정치부단장은 경기가 끝나는 순간 국제전화로 제

7회 월드컵대회에서 3등을 했던 칠레와 경기에서 1 대 1로 비겼다고, 경기장 분위기는 완전히 우리의 편이었다고 했다. 그 내용은 사실상 김일성에게 보내는 어리광스런 자랑이었다. 더 잘해서 1 대 0이나 2 대 1로 이겼더라면 얼마나 좋았을까, 어쨌거나 마음의 짐을 조금은 던 셈이었다.

각국의 체육전문가들은 칠레와 경기에서 북한 선수들의 드센 공격에 놀라지 않을 수 없었다. 경기 중에 전방 선수들에 대한 신영규의 전술지도는 대단했다. 3번으로 최후방 수비수이면서도 중앙선까지 나가면서 선수들을 독려했고 그가 앞으로 나가면 오윤경은 림중선, 박리섭을 뒤로 끌어 세우면서 그 자리를 대신했던 것이다.

공격진에서 박두익에게 볼이 가면 그 볼이 김봉환이나 박승진에게 이어지지 않고 끊기는 것이 간절했다. 시간이 지나면서 점차 좌측에서 한봉진, 우측에서 하정원을 걸쳐 박승진이나 김봉환에게 볼이 가고 있었다. 그러니 박승진, 박두익, 김봉환의 삼각편대가 좀처럼 살아나지 못했다.

박승진은 박두익에게 신경을 부렸다.

"몸이 왜 그렇게 무거워? 구렁이탕 많이 먹었잖아."

구렁이탕! 북한은 제8회 월드컵대회 참가를 위한 준비로 당중앙위원회 명의로 각 지방에서 구렁이들을 잡아들이도록 했다. 그렇게 모아들인 것으로 선수들에게 6개월간 집단생활을 하면서 의사들의 주문대로 3일에 한 차례 저녁식사로 의무적으로 먹였다. 선수들은 그것이 무슨 탕인지 모르고 몸보신으로 먹었다. 그들은 영국으로 떠나오면서 그동안 먹었던 약탕이 자기들을 위한 구렁이탕이라는 것을 알았다.

박두익은 박승진의 질타를 받아서인지 동작이 점점 더 굳어지고 있었다. 볼이 자기에게 오는 것까지도 피하려는 것 같았다. 뒤에서 전방의 움직임을 살피고 있던 신영규는 스치는 듯 달려가면서 말했다.

"승진아. 두익을 이용해. 열 번 중에 한두 번은 성공할 수 있잖아!"

그렇다. 그 한두 번의 번뜩이는 순간이 금값이 될 수 있는 것이다. 축구경기에서 더욱이 국제경기에서 승패는 한두 골의 차이로 승자와 패자, 기쁨과 눈물이 교차하는 것이다.

다시 이쪽으로 스치면서 말했다.

"봉환이, 두익을 이용해야 공격이 살잖아!"

"알았어!"

신영규는 뒤로 돌아서면서 임성휘, 양성국, 이동원에게 위치를 서로 교차하면서 상대선수들의 시선을 혼란시키라고 했다. 칠레의 16미터 구역에서는 공격하는 선수들과 방어하는 선수들이 서로 얽혀 바글바글했다. 칠레와의 치열한 공방전은 그렇게 이어진 심기일전의 순간들이었다.

그날부터 각국 신문들은 신영규의 활동에 대한 찬사가 이어졌다. 어떻게 저런 선수가 동방에 있을 수 있냐며 놀라워했다. 아시아, 특히 동방은 축구의 변방으로 후진국으로 생각하고 있었으니 놀랄 수밖에 없는 것이다. 그는 신체적으로 서양인들과 별반 차이가 없었다. 슬라브인이나 아랍인의 비슷한 모습이기도 했다. 체육인의 거친 기질이 아니었으면 사업가의 점잖은 인품이었을지도 모른다.

북한의 경기는 1 무 1패라는 저조한 성적이기는 해도 국제사회의 예상을 뒤엎은 것만은 분명했다. 소련과 첫 경기에서 수적 열세로 밀리면서도 완강한 투지는 놀라운 것이었고 소련 선수들은 국제사회의 야유와 원성이 출판물들에 그대로 폭로되는 굴욕을 받아야 했던 것이다.

경기가 끝난 다음 날 7월 13일 소련은 자기들의 정부기관지에 하늘로 날아오르는 로켓과 지상을 달리는 천리마를 상징으로 자기들이 훨씬 앞선다고 빗대는 야유로 포스터를 냈지만 국제사회는 그들의 무분별한 망동을 예리하게 폭로했던 것이다. 만약 모스크바의 비밀협약이 폭로되었더라면 국제사회는 발칵 뒤집어졌을지도 모른다. 그러나 북한으로서는 소련의 앞잡이로 이용만 당하였다는 국제적인 조롱거리여서 심기가 불편해도 입을 다물고 참을 수밖에 없는 망사였다.

영국에 와서 가장 어려웠던 것이 시간차였다. 평양에서는 잠을 자던 밤 시간에 여기서는 경기를 해야 하는 피로가 어려웠다. 경기를 끝내고 돌아와 자리에 누우면 그 시간이 평양에서는 낮 시간이라 눈이 좀처럼 감기지 않는 것이다. 그런 어려운 시간들이 하루하루 지나면서 현지생활에 점차 적응이 됐고 경기의 실전감각도 좋아졌다.

유럽이나 남미의 축구선수들과 붙어보니 우리보다 뛰어난 기술도 아니었고 공격과 방어 전술이 우리보다 좋은 것이 아니라는 자부심을 가질 수 있었다. 전면 공격과 전면 방어의 전술은 축구선수들의 신체적 부담이 큰 요구였지만 북한 선수들은 정신적으로나 육체적으로 밀고 당길 수 있는 완강한 체질이었다. 몸보신으로 구렁이탕을 많이 먹어서 그런지 경기 과정에 부상이 아니고서는 피로를 별로 느끼지 못했고 속도에서나 힘의 대결에서도 그들보다 한 수 위였다.

PART 2

월드컵 첫 출전에 8강신화

강인한 정신으로 이탈리아 1 대 0 승리

7월 19일 세 번째 결전의 날이다. 이 경기에서 패하면 북한은 1무 2패로 짐을 싸들고 돌아가는 것이다. 만약 이 경기에서 이탈리아를 누르게 된다면 세계는 또 한번 놀라게 될 것이다. 그러나 누구도 북한이 이탈리아를 누르리라고 생각할 수 없는 것이다.

감독 파브리는 어제 기자들 앞에서 북한과 경기에서 반 타스 6 대 0 정도는 어렵겠지만 3 대 0은 자신있다고 말했다. 그는 이탈리아의 체육박사였고 축구의 전략전술가로 알려진 사람이다. 그의 자신감은 칠레를 2 대 0으로 눌렀기 때문이다. 소련과 경기에서 그들의 거친 태클에 밀리면서 1 대 0으로 패했으나 측면공격에서는 우세했던 것이다. 북한을 이기면 2승

1패로 8강으로 올라가는 것이다.

소련은 그 경기부터 주장을 비롯한 주축선수들을 출전시켰다. 북한은 패하면 그만둘 것이지만 승리하게 된다면 1승 1무 1패로 8강에 올라갈 수 있는 것이다. 그러자면 이탈이아를 무조건 이겨야 하는 것이고 그들은 무승부만 해도 올라가는 것이다. 어떻게 보나 이탈리아가 유리한 것이고 국제사회도 그것을 기정사실로 생각하고 있었다.

북한이 승리하면 역사적인 이변이 되겠지만 그것은 바랄 수 없는 욕망일 뿐이다. 국제사회의 예상대로 북한이 이탈리아에 패한다고 해도 강팀들과 대등한 경기로 심리의 본전은 만들어놓은 셈이라도 그런 저조한 성적으로 자신을 위안해서는 안 되는 것이다.

북한이 제8회 월드컵대회의 최종예선에서 호주를 대파하고 참가한다고 했을 때 세계는 놀라면서도 조롱거리로 기다리고 있었다. 1960년대 국제축구연맹에는 160개 나라가 등록된 것이다. 그 중에서 선출된 16개국이 참가하는 최대의 축제에 어쩌다 뛰어든 불량한 분단국가 선수들이 세계의 강팀들과 당당히 맞서리라고 누구도 예상하지 못했던 것이다. 유럽의 한 축구전문가는 북한이 이번 월드컵에서 한 골만

넣어도 자기가 쓰고 있는 원고를 집어삼키겠다고 떠들었던 것이다.

소련과 첫 경기에서 그들의 거친 태클이 시작되면서 전반 25분에 좌측에서 한봉진, 우측에서 하정원의 돌파에 이은 중앙 우측에서 김봉환, 중앙 좌측에서 박승진의 강력한 볼이 골대 위를 스치고 날아가자 감독 모로조브는 자리에서 튀어 일어났고 그때 벌써 세계적 골키퍼로 알려졌던 38세의 노장 야신은 가까스로 숨을 돌리며 서성거렸던 것이다.

이찬명은 아침에 신영규에게 이탈리아 공격을 화구를 막는 심정으로 지키겠다고 했다. 이근학은 칠레 경기부터 그의 동작을 밀착 지도했던 것이다. 오늘도 부상이 심한 하정원이 나서야 했다. 그는 소련 선수들의 무지막한 태클에 발목이 부어 있었고 찢겨진 무릎 위의 상처는 붕대를 감고 있었다. 이탈리아는 유럽에서 최우수선수 11명 중 5명이 선정되는 출중한 선수들이었다. 그들의 방어는 빗장수비로 널리 알려진 것이다.

경기가 시작되면서 이탈리아 선수들은 당황하기 시작했다. 자기들의 현란한 동작에 수비로 맞설 것으로 생각했었는데 북한은 처음부터 선제공격이었다. 수석코치 강능조, 공격코치 연승철의 강력한 전술이었다. 골잡이로 이름난 박승진은 볼을 잡으면 한둘을 제치면서 무작정 16미터 구역으로 달려들었다. 좌측에서 한봉진이 달려들었고 중앙에서는 김봉한이 달려들었다. 우측에서는 하정원이 달려들었다.

중앙선에서는 이동원, 양성국, 임성휘가 기회만 있으면 달려들었다. 박승진이 상대선수들에게 둘러싸이면 김봉한은 곁으로 달려들면서 몸싸움으로 길을 열어주고 있었다. 그 사이 박두익이 중심을 파고들면서 돌진했으면 좋으련만 그렇게 하지 못하고 빈 공간에서 서성거리고 있었다.

박승진은 공시학이 있었으면 어쨌을까, 7번의 위치는 그가 있어야 하는 것인데 가네포 결승경기에서 무릎이 깨지면서 오지 못했던 것이다. 투덜거리는 심정이라도 어쩔 수 없는 것이다. 어쩌면 밀고 당기는 이 긴박한 순간에 주장이 자기에게 달려올지도 모르는 것이다.

신영규는 최후방 수비수이면서도 때로는 중앙선까지 나가면서 경기 전반을 살피고 있었다. 이탈리아 선수들은 소련과 칠레의 경기에서 그의 출중한 실력을 알고 있기에 두세 명이 달려들었다. 시간이 흐르면서 이탈리아 선수들은 서로 신경을 부렸다. 그런 행태는 경기가 자기들 뜻대로 풀리지 않는다는 불편한 심사들이었다.

전반전이 끝나려는 마지막 시간에 김봉한이 때린 볼을 상대 수비수가 황급히 걷어내면서 공중으로 멀리 날아왔다. 신영규는 중앙선에서 이탈리아 선수와 같이 높이 뛰어오르면서 헤딩으로 우측 전방 멀리 하정원에게 보냈다. 그는 어깨싸움으로 상대선수를 제치면서 박스 앞 빈 공간에 있는 박두익에게 툭 밀어주고는 우측으로 빠지면서 앞으로 나갔다. 박두익이 볼을 발끝으로 틀면서 정면으로 돌아서자 양쪽에서 박승진, 김봉환이 골문으로 달려들었고 그 뒤로 좌측에서 한봉진, 우측에서 하정원이 달려들었다. 중원에서는 양성국, 이동원, 임성휘가 불같이 달려들고 있었다.

다급해진 이탈리아 선수들이 북한 선수들의 공격에 이쪽저쪽으로 갈라지는 사이에 골문 방향 왼쪽으로 잠시 공간이 생겼다. 정면에서 사선으로 14미터 거리였다. 힘이 좋은 박두익은 그 순간을 놓치지 않고 오른발로 강하게 때렸다. 이탈리아 골키퍼는 움직이지 못하고 선 자리에서 골을 먹었다. 그들은 박두익이 김봉환이나 박승진에게 볼을 보낼 것으로 생각했던 것이 그만 절박한 순간을 놓치고 만 것이다.

그들은 소련이나 칠레와 경기에서 박두익의 동작을 신통치 않게 보았던 것이 더 큰 화를 불러왔다. 설상가상으로 방금 전에 주장 불가레리는 바람을 날리며 돌아치는 북한 공격의 핵심인 8번 박승진을 향해 다이빙 태클로 달려들다 도리어 그에게 뭉개져 복부경련을 일으켜 들것에 실려나가면서 그의 자리가 빈 공간이었다.

경기장은 세븐(7)! 세븐(7)! 박두익 등번호를 연호하는 함성과 동료선수들의 격한 축하를 받는 순간, 두 차례 경기에서 적극적이지 못했던 동작으로 동료선수들의 은근한 질타를 받았던 마음이 한순간에 자랑을 떨치게 된 것이다. 그는 누구보다 자기를 끝까지 믿어준 신영규의 달려오는 모습에 눈물이 핑 어렸다. 그는 칠레와 경기에서 신영규가 박승진과 김봉환의 곁을 숨 가쁘게 스치던 순간의 동작들을 느끼고 있었던 것이다.

박승진은 열 번 중에 한두 번은 성공할 수 있다는 신영규의 의중이 이렇게 빛나는 순간으로 이어진 것이 고맙고 자랑스러웠다. 경기는 후반전에도 밀고 당기는 긴장된 시간이었으나 신영규, 오윤경, 림중선, 박리섭의 철통수비로 북한의 승리로 끝났다. 이찬명은 이탈리아 공격수이며 유럽 최우수 선수인 리베리를 비롯한 다섯 차례의 돌파를 개구리처럼 날아뛰면서 모두 막았다. 놀라운 선방이었다.

세상에는 이런 기적도 있는 것이다. 강인한 정신의 빛나는 승리였다. 1 대 0의 점수는 크지 않아도 불량한 정치집단이라는 북한이 축구강국으로 알려진 이탈리아를 국제사회의 면전에서 무너뜨렸다는 데 충격이 큰 것이다. 그날 저녁 미들즈브러 축구협회에서는 연회를 차려주었다. 주장 신영규에게 술잔들이 왔으나 그는 술을 즐기는 자세가 아니었다. 어떤 여인이 술잔을 들고 접근하기도 했다. 그 장면이 후일 평양에서 그가 여자들과 어울렸다는 어이없는 수작으로 번졌던 것이다.

이탈리아는 스스로도 믿을 수 없는 처지였다. 축구 전략전술가로 알려진 체육박사 감독 파브리는 선수들과 함께 자국의 비행장에서 토마토의 값싼 세례를 받았다. 그들 중 누구도 기자들 앞에 서지 못하고 뿔뿔이 흩어져야 했다. 승자에게는 축하를, 패자에게는 비난과 저주를 보내는 것이 피할 수 없이 받아야 하는 사회계층의 양면이지만 패자에게는 누구에게도 말 못할 자기의 고달픈 눈물이 있는 것이다.

포르투갈에 패배해 8강에 머무르다

8강 상대는 브라질 출신 감독이 맡아 강력한 우승 후보로 급부상한 포르투갈이다. 아프리카의 모잠비크 병사 출신 유세비오를 중심으로 거칠고 공격적이었다. 그들은 1964년 제18회 국제올림픽대회의 축구 우승국인 헝가리를 1 대 0으로 누르고 축구황제의 별칭을 가지고 있는 펠레가 부상으로 참가하지 못한 브라질을 3 대 1로 누르고 올라온 선수들이다. 펠레는 불가리아와 경기에서 부상으로 들것에 실려나갔던 것이다.

북한 선수들은 영국의 서부해안 도시 리버풀에 도착하면서 숙소가 문제였다. 가톨릭재단이 주관하는 곳이다. 종교는 어떤 파의 것이든 사람들의 마음을 혼란시키는 사회의 악이라는 북한의 무종교정책으로는 받아들일 수 없는 것이다. 그렇다고 일반 호텔을 주문하자니 돈이 문제였다. 제8회 월드컵 대회에 처음으로 참가하는 북한이 '죽음의 조'에서 8강에 진출하리라고는 생각도 못했던 것이다.

숙소에는 종교 그림들이 있었다. 처음으로 보게 되는 예수의 처절한 십자가의 그림과 그를 품에 안아 키워준 마리아의 그림을 비롯한 유화 〈마지막 만찬〉과 〈천지창조〉는 인물들의 각이한 형상으로 예술가의 입체적인 요구가 심도 있게 반영된 탁월한 작품들이었다. 단장 김기수는 저녁시간에 아름다운 명화들로 중세시대 문예부흥을 일으킨 예술가이며 학자였던 미켈란젤로의 심원한 그림들 앞에서 한동안 움직이지 않았다. 화폭의 내용은 상상의 그림이라도 인간들의 심리적 갈등은 현실적이었다.

북한의 무종교정책의 입장으로는 종교 그림을 감상하면 사상문제로 지목될 수 있는 것이지만 그는 단장이라는 중책으로 노동당의 정책적 안목으로 의미해본다는 여유로운 자세로 볼 수 있는 것이다. 숙소의 교인들은 대표단 성원들을 말없이 성의있게 대해주었다. 실내의 조용한 분위기는 선수들에게 차분한 안정감을 주었다.

7월 23일 북한 선수들은 포르투갈과 경기가 시작되면서 강력한 돌진으로 적진을 무너뜨렸다. 호각이 울리면서 상대 선수의 볼을 몸을 휘돌리면서 가로챈 하정원이 옆으로 스쳐 나가는 김봉환에게 찔러주었다. 그는 앞으로 달려가는 박승진에게 툭 밀어주었다. 달려오던 속도로 때린 것이 총알같이 그물에 박혔다. 1분이 지나는 시간에 벌어진 불 같은 공격이었다.

미들즈브러에서 응원으로 떠나온 시민들과 영국인들의 함성이 서부해안 도시의 하늘로 울렸다. 뒤이어 양성국이 넘겨주는 볼을 이동원이 몸을 던지면서 헤딩으로 넣었고 다시 3분 만에 박두익이 때린 볼이 수비수를 맞고 튕겨나오는 볼을 양성국이 재치있게 밀어넣었다. 경기시작 20분이 지나는 시점에 일어난 번뜩이는 동작들이었다. 3 대 0의 놀라운 결과였다.

브라질 출신 포르투갈 감독은 자리에 앉지도 못하고 서성거렸다. 북한 선수들이 처음부터 이렇게 달려들리라고 생각하지 못했었는지 당황한 기색이었다. 그러나 국제조직을 대변하는 심판의 행동은 냉정했다. 그때부터 북한 선수들에게 경고를 주면서 공격의 열기를 서서히 무너뜨렸다. 중앙선을 넘어서면 어떤 이유로든 호각이 울렸다. 경기 흐름은 점차 포르투갈로 넘어갔다. 어라? 페널티킥만 세 번을 받아야 했다.

경기는 결국 3 대 5로 패했다. 월드컵대회는 전통적인 축제이면서도 각국의 존재감을 가지는 성대한 국제대회의 한 경기에서 세 번의 페널티킥은 있을 수 없는 드문 일이다. 북한 선수들은 경기에서 거친 태클을 하지 않는다. 심판은 그들의 실무적인 의견까지도 들으려하지 않았다. 김일성이 소련과 중국이라는 대국을 등에 없고 그들이 보내준 무기와 군대로 동족을 살육하면서 권좌를 이어가려고 일으킨 1950년 6월 25일 전쟁에 대한 국제사회 반응은 불량한 정치집단이라는 냉정한 이유가 숨겨져 있다고 볼 수 있는 이상한 판정들이었다.

경기를 주관하고 있던 심판들이 북한을 파렴치한 공산주의 하수인으로 간과하고 있지만 축구선수들이 보여준 예의적인 태도와 순진하면서도 열정적인 모습은 국제사회가 피할 수 없이 느껴야 했던 북한인민들의 실질적인 선량한 모습이었다.

신영규는 이 문제에 대해서 선수들에게 강조했던 것이다. 상대가 불량하다고 투박하게 대들지 말아야 한다. 특히 경기 중에 주심이나 부심들에게 손으로 삿대질하지 말아야 한다. 숙소에서 맥주를 먹거나 담배를 입에 물고 다니지 말라고, 숙소 직원이면 누구라도 인사를 차리라고 했다. 그런 모습, 그런 태도는 영국인들과 리버풀까지 찾아준 미들즈브러 시민들에게 예의적인 인상을 주었다. 체육선수들이 운동을 한다면 경기에서도 그렇지만 일상생활에서도 건들거리는 것이 그들의 일상이다. 그러나 북한 선수들은 겸손했고 숙소 생활은 언제나 소박하게 조용했다.

포르투갈 감독은 경기가 끝나자 자기 선수들에게 1인당 400파운드를 주었다. 월드컵대회 참가 선수들에게 지급한 금액으로는 엄청난 액수였다. 헝가리, 브라질, 불가리아와 경기에서는 각각 200파운드를 주었다. 북한 선수들과 경기가 그만큼 어려웠고 얼마나 놀랐던가에 대한 반증이었다.

신영규는 경기에서 패하기는 했으나 우승 후보로 급부상한 포르투갈과 경기를 대등하게 치렀다는 생각과 선수들이 크게 부상을 당하지 않았던 것이 다행이었다. 체통이 크고 우람스런 유세비오를 막는 과정에 하정원이 그와 자주 부딪치면서 소련 선수들과 경기에서 당했던 상처가 다시 타격을 받은 것이 근심이었다. 그 분풀이로 이찬명이 몸을 던져 볼을 잡으면서 함께 엎어진 그의 얼굴을 팔꿈치로 쓱 문질렀다. 그 장면이 기록 필름에 그대로 남게 되었다. 그는 눈을 흘기면서도 소련 선수들처럼 망동은 부리지 않았다.

심판들의 편파판정에 대한 생각은 분했고 항의하고 싶어도 그것은 그들의 고유한 권한이기에 어쩔 수 없는 것이다. 그것이 또한 불량한 정치집단에 대한 국제사회의 피할 수 없는 반응인지도 모른다. 평양을 떠나오면서 이런저런 이유로 차별적인 일들이 있을 수 있다는 예상을 했었지만 현실은 너무도 냉정했고 거칠고 적대적이었다.

북한에 대한 국제사회의 불편한 시선에도 각국의 축구전문가들은 신영규를 최후방 수비이면서도 공격과 방어를 동시에 조율하는 전술적인 선수로 평가했고 이찬명을 동작이 민첩한 골키퍼로 평가했다. 박승진과 한봉진은 날개 달린 선수라고 했다. 중앙 공격수 김봉환은 완강한 투지로 전방을 흔드는 저돌적인 선수로, 오윤경은 바위 같은 선수로, 하정원은 돌파력이 있은 날렵한 선수로 평가했다. 그는 신장이 좋으면서도 다부진 편이 아니다. 동작은 유연하면서도 속도가 좋았던 것이다.

박두익도 이탈리아의 빗장수비를 무너뜨렸다는 평을 받았다. 그 볼도 신영규가 중앙선에서 헤딩으로 하정원에게 길게 넘겨준 것을 가볍게 전달되면서 동시에 상대선수들의 시선을 흩트리려고 이동원, 양성국, 임성휘를 중앙선에서 앞으로 급히 진출시켰던 것이다.

국제축구연맹회장 스탠리는 신영규를 이번 월드컵대회의 최우수선수로 평가했다. 골키퍼에서 소련의 야신, 수비에서 북한의 신영규, 공격에서 포르투갈의 유세비오를 꼽았다. 강봉칠이 양쪽에 목발을 짚어야 하는 부상을 당했고 하정원과 박리섭이 한쪽 목발을 짚어야 했지만 총소리 없는 국제축구경기에서 피해는 불가피한 것이기도 했다.

처음으로 참가한 월드컵대회에서 16개국의 강팀들을 상대로 8강이라는 성과는 예상하지 못했던 것이다. 죽음의 조에 속했어도 해보자는 각오를 했었지만 두 차례의 월드컵 우승국인 이탈리아를 누르고 제7회 월드컵대회의 3등으로 기세가 등등했던 칠레를 강하게 몰아붙이리라고는 생각하지 못했던 경기들이었다. 신영규는 선수들과 함께 미들즈브러에서 응원단을 꾸려 리버풀까지 찾아와 응원해준 시민들과 경기장을 찾아준 영국인들 앞으로 찾아가 정중한 자세로 허리를 굽혀 인사했다.

"여러분, 고맙습니다. 우리는 오늘의 이 열광적인 환대를 언제나 잊지 않을 것입니다. 건강하고 행복하십시오."

이것이 신영규가 경기장을 찾아준 영국시민들에게 전하고 싶었던 간절한 심정이었다. 자기들이 서방세계에 와서 이런 환대를 받게 되리라고 상상할 수 없는 일들이었다. 그들은 석별의 정이 아쉬워 북한 선수들에게 아낌없는 박수를 보내주었다. 산업민주화의 전통이 강한 영국인들의 고풍스러운 진정한 모습들이었다.

단장 김기수는 월드컵대회에 처음으로 참가한 우리가 이렇게 좋은 성적을 얻으리라고 누구도 생각하지 못했던 성과라면서 선수들에게 각기 70파운드, 동행한 성원들에게 40파운드를 나눠주었다. 대표단은 단장, 정치부단장, 행정부단장, 선수들을 비롯한 대표단 성원들은 74명이었다. 국제전화로 당중앙위원회 비서 박금철을 통해 김일성의 승인을 받았다.

우리 축구선수들이 대단했다고, 세계는 지금 우리나라에 대한 생각이 바뀐 것 같다고, 이것은 생각지 못했던 국제무대에서의 위대한 외교적 승리라고 했던 것이다. 다른 나라 선수들, 특히 포르투갈 선수들은 한 경기에 400파운드를 받았지만 북한 선수들은 네 경기에 70파운드 받고도 고맙다고, 감사하다고 곱절로 인사를 해야 하는 것이다. 그것이 국제사회가 알 수 없는 북한사회의 숨겨지고 있는 저질스러운 모습이다.

열광적인 환영, 공훈체육인 칭호

평양시 외곽 지역 순안의 하늘은 삼복더위의 옅은 구름으로 자본주의 전통국가인 영국에서 세계축구사에 빛나는 기록을 남기고 돌아오는 자랑스러운 조국의 아들들을 기다리고 있었다. 비행장에는 출전 선수들의 가족들과 함께 군중들이 설레고 있었다.

비행기가 활주로에 내려서면서 함성이 울렸다. 신영규가 앞서고 뒤에 공화국 깃발을 높이든 이찬명이 섰다. 비행장을 가득 메운 군중들의 환호는 생각하지 못했던 영광의 물결이었다. 국제사회가 불량한 정치집단이라고 비난해도 조국의 품은 고맙고 환희로웠다. 영접나온 간부들 중에는 역사소설 『림꺽정』의 작가로 알려진 머리가 훌렁 벗어진 자그마한 체구의 북한올림픽조직위원장이며 내각 부수상 홍명희도 있었다. 그는 고령의 몸으로 평소처럼 조용히 웃으면서 선수들의 손을 일일이 잡아주었다.

출전 선수들의 가족들 중에는 뱅뱅거리는 박승진의 어머니도 있었고 눈물이 질펀한 강봉칠의 어머니도 있었다. 허둥지둥 정신이 없었다. 비행기에서 선수들이 내리는데 아들의 시체가 실린 관은 보이지 않는 것이다. 죽었으면 시체라도 가져와야지, 이 더운 날 같이 오지 않으면 썩을 것이 아닌가. 관 속에 누워있는 얼굴이라도 봐야지? 아무리 기다려도 비행기의 어느 쪽에서도 관은 내려오지 않았다.

"봉칠아!"

입속으로 부르며 흐르는 눈물을 접느라 얼굴을 들지 못하는데 누가 큰소리로 불렀다.

"어머니, 아들이 저기 있어요."

강봉칠은 목발을 짚었어도 선수들과 같이 손을 흔들며 웃고 있었다. 그동안 평양에서는 방송에서 울려나오는 이상벽의 비명이 전부였다.

"우리 선수가 소련 선수의 모두발차기에 쓰러졌습니다. 강봉칠입니다. 일어나지 못합니다. 군중들의 격한 원성이 터집니다. 움직이지 못합니다. 아! 들것에 실려나갑니다."

그 후로는 경기에 나서지 못했다. 움직이지 못한다더니 잘못됐는가? 축구를 하다가 죽기도 한다는데……, 이런저런 근심들이 죽었다는 소문으로 번지면서 어머니는 비행기에서 내리는 선수들 속에서 웃고 있는 아들을 본 것이 아니라 관이 내려오기를 기다렸던 것이다.

신영규는 강봉칠 어머니 앞에 허리를 굽혀 인사했다.

"어머니, 봉칠이 다쳤습니다. 놀라셨지요."

자기의 탓인 것 같아 미안했다.

"아니, 고마워요."

쌍 목발을 짚기는 했어도 이렇게 서 있는 아들을 보는 것만으로도 얼마나 고마울 것인가. 신영규는 평양을 떠나기 전에 명례현의 건의로 이한복과 같이 숙소를 나와 행사용 풍차를 타고 선수들의 집을 일일이 찾으면서 늙은 부모님들께 귀하게 키워준 아들을 머나먼 원정길에서 책임지겠노라고 정중히 인사를 드렸던 것이다.

정부에서는 김일성의 지시로 대동강이 내려다보이는 옥류관에서 가족을 동반한 선수들과 대표단 성원들을 위한 연회를 차려주었다. 당중앙위원회 비서 박금철, 북한올림픽조직위원장이며 내각 부수상 홍명희, 직업동맹위원장 김왈룡을 비롯한 당과 정부의 간부들과 신문방송 기자들이 붐비는 속에서 남다른 기분이었다.

신영규는 비행기에서 내린 후 아내와 처음 마주하는 것이 이 시간, 이 장소였다. 비행장에서는 군중들에게 인사하느라, 간부들과 인사하느라, 부상당한 강봉칠, 하정원, 박리섭의 부모들께 기다려준 마음을 위로하느라 시간이 없었다. 아내에게는 언제나 미안한 마음이다. 자기를 만나 이제나저제나 살아야 하는 정치사회의 피할 수 없는 심정은 낮이나 밤이나 불안한 것이다. 저녁시간에 제때에 들오지 않거나 연락이 없으면 눈물로 소식을 기다리며 사는 여인이었다.

"미안해."

아내는 눈물로 대답했다. 오늘의 이 성대한 연회가 내일이나 며칠 후에 어떻게 뒤집어질지는 누구도 알 수 없는 것이다. 그것이 신영규가 살아오면서 느끼고 있는 북한사회의 정치파동 변화들이었다. 어제의 애국자, 어제의 부수상, 상도 하룻밤이 지나면 반동이라면서, 종파라면서, 심지어는 간첩이라면서 처형하는 것이다.

자기들과 같이 만주벌판에서 싸운 항일투사라면서 내세워

주던 사람도 사상이 변했다면서 정치수용소로 끌어가는 것이다. 하물며 지주 아들이며 남쪽으로 도주한 반역자 아들인 자기 처지가 언제 어떻게 될지는 알 수 없는 것이다. 그래도 그들의 열렬한 환영의 축사에는 국가축구선수단의 주장 신영규가 답사를 해야 하는 것이다.

처음으로 참가한 제8회 월드컵대회에서 있었던 성과와 실책을 반성하면서 다음과 같은 내용으로 말을 이었다.

"우리는 자본주의 전통이 강한 제국주의 한복판에서 수령님의 혁명사상을 가슴에 새기고 넘어지면 일어서면서 싸웠습니다. 우리가 이룩한 성과는 전적으로 수령님의 전략전술이 가져다준 승리였습니다. 우리를 국제무대에 당당하게 세워주신 위대한 수령 김일성 동지 만세!"

자리에서 모두 일어나 만세삼창을 불렀다. 이런 환영연회의 모임은 누구에게나 차려지는 것이 아니다. 선수들에게나 가족들에게도 잊을 수 없는 일생일대의 추억이었다. 예술인들이 축하공연을 하면서 선수들의 이름을 일일이 불러주었다. 선수들도 이국의 숙소들에서 불렀던 조국에 대한 노래를 불렀다. 고맙고 감격스러운 밤이었다.

연회가 끝나고 가족들과 함께 집으로 돌아가는 길에 신영규는 아내와 같이 대동강 기슭의 포장길을 걸었다. 평양에 살면서도 이렇게 환희로운 밤길을 걸어보지 못했다. 불빛에 어우러진 대동강 물결은 알 수 없는 심연의 사연을 담고 흐르는 것 같았다. 밤하늘의 아롱아롱한 먼 별빛들에 마음이 젖는다. 아버지와 형님은 어디 계시는가? 고향에 계시는 어머니와 동생은 지금 무슨 생각을 하실까?

평양시체육선수단의 축구선수로 소환되면서 어머니는 고향에 남겨두고 왔다. 지주 아들이며 남쪽으로 도주한 자의 자식이라는 문제가 앞으로 어떻게 될지 모르는 일이라면서 너만 가라고, 가서도 매사에 조심하라고 당부했던 것이다. 어머니의 내심은 지주 마누라로 찍혀 있는 이 어미 때문에 너까지 그런 벌을 받아서 안 된다는 심려의 마음이었던 것이다.

다음날 제8회 월드컵대회에서 세계 강팀들을 상대로 자랑스러운 성과를 이룩한 축구선수들에게 공훈체육인 칭호를 수여한다는 정령이 신문과 방송으로 우르르 발표되었다.

이찬명, 오윤경, 신영규, 강봉칠, 박리섭, 림중선, 임성휘, 한봉진, 김승일, 박두익, 김봉환, 박승진, 양성국, 이동원 등 15명이었다. 이근학은 그동안 국가수단에서 골키퍼로서 활약과 이번 출전에서 이찬명을 잘 지도하였다는 공로로 받았다. 북한에서 공훈체육인 칭호는 처음으로 발표되었다. 경기에 출전했던 선수들은 모두 받은 것이다.

우상으로 만들어진 망상의 천재 김정일

제8회 월드컵대회에 출전하는 축구선수들과 그를 지도했던 일군들이 북한의 변덕스럽고 살벌한 정치체제에서 잘못을 범하고 있었다는 것을 누구도 느끼지 못하고 있었다. 그것은 시기심이 많고 변덕스런 야심이 강한 김정일에 대한 이탈이었다. 이런 외면이 세월이 흐르면서 눈물로는 씻을 수 없는 뼈아픈 실책이었다. 좋으나 나쁘나 머리를 조아려야 한다는 것을 그들은 왜 몰랐을까?

"세자저하!"

아득히 흘러간 왕족들의 세월에 대한 예의지만 어렵사리 불러보는 황송스런 이런 마음을 누가 알랴만 그 세월이나 이 세월이나 권력의 파렴치한 강제는 별로 다르지 않았다. 만민의 평등을 부르짖는 공산주의세력들이 계급정책의 칼을 들고 더 포악하고 더 잔인해졌는지도 모른다. 정치독재가 득세하는 세상일수록 아첨분자의 처사가 야속하지만 이쪽저쪽 넘나들면서 붙어사는 것이 그런 인간들의 쩝쩝거리는 모습이 아니겠는가.

김정일은 대학 동급생 문금숙이 입원하면 병문안이라고 찾아다니면서 딸을 낳았다. 그 외에도 이런저런 여자들이 있었다. 중앙통신사 사장 김성걸의 딸, 당중앙위원회 부부장 손성필의 딸, 그들은 대학 동기생들이었다. 중학시절부터 알고 지내던 홍일천과의 관계는 벌써부터 있었다. 그들에게는 각기 계집애들이 태어났다. 홍일천은 그렇게 낳은 두 딸을 키우면서 그 덕으로 평양사범대학 총장이 될 수 있었다.

눈에 잘 보이지 않는 벼룩도 낯짝이 있다고 했다. 이런 사회여론의 어지러운 이유로 대학을 졸업하면서 어디에 공식적으로 나설 수 있는 처지가 아니었다. 누구도 알 수 없이 당중앙위원회 지도원이라는 이름으로 찾아들어간 곳이 22세 되던 해 1964년 가을 영화촬영소였다. 평양 시내에서도 서북쪽으로 철도조차장지구를 지나 하당산 줄기와 형제산 줄기 사이에 넓게 펼쳐진 논밭을 옆으로 지나면서 한나절을 걸어야 갈 수 있는 아득히 멀고 어수룩한 농촌이었다. 평안남도 순안의 한 지역으로 김정일이 들어가면서 평양시 형제산구역으로 편입되었던 것이다.

1960년대 초중반 사춘기부터 방탕하고 조잡스러운 그가 권력을 잡게 되리라고 생각한 사람은 아무도 없었다. 그러니 제8회 월드컵대회 사업을 조직하는 일군들이나 참가하는 사람들 중에서 누구도 그를 찾아가지 않았고 돌아와서도 찾는 사람이 없었다. 온 나라가 축구 열기로 들썩거려도 그와는 아무런 인연이 없었다.

신영규가 떠나기 전에 찾아가 정중히 인사드리고 국제축구경기에서의 전략전술적인 방안을 가르쳐달라고 했더라면 어쨌을까? 돌아와서도 먼저 찾아뵙고 "이번의 성과는 윗분동지께서(당시 그렇게 불렀다) 현명하게 가르쳐주신 결과입니다. 고맙습니다"라고 황송스럽게 인사를 했었더라면 어쨌을까? 김정일은 작달막한 신체에 자기를 떠들어주는 축사에 금시 들뜨는 즉흥적인 체질이다.

옥류관에서 차린 환영연회의 충성스런 답사에서 김일성 만세를 부르고 계속해서 "우리가 국제무대에서 조국의 위상을 자랑스럽게 떨칠 수 있었던 것은 윗분동지께서 가르쳐주신 전략전술의 빛나는 성과입니다. 영도의 대가이신 윗분동지 만세!"를 목청껏 불렀더라면 어쨌을까?

'영도의 대가'라는 존칭을 김정일이 들을 수 있었다면 얼마나 좋아했겠는가, 당시의 사회적 의미로는 대단한 우상이었다. 그런 값진 존칭을 충성의 열창으로 불러주었다는 덕으로 후에 인민체육인은 물론 영웅칭호나 체육상이 되었을지도 모르는 것이다.

해방 후 남쪽에서 배우로 활동했던 영화연출가 박학은 김정일이 촬영소에 온 후에 그의 면전에서 최초로 '윗분'으로 불러준 사람이었다. 그 존칭이 공식화되면서 공훈배우였던 칭호가 인민예술가로 상승했고 김일성상도 받았고 최고급 승용차도 선물로 받았다. 죽어서는 추도곡 영전을 받으며 신미리열사릉에 묻힐 수 있었다.

작곡가 설명순은 1963년 대학 3학년이던 21세의 김정일을 찾아가 어머님(김정숙)의 노래를 만들려고 하는데 인민군협주단에서 군복을 벗기려고 한다고 눈물을 글썽이며 말했다. 그는 여자들과 복잡한 문제로 축출 위기였다. 그날 저녁 전화로 인민군협주단 정치부에 당이 키우는 작곡가라면서 잘 도와주라고 했다. 후에 설명순은 김정숙의 노래를 만들었고 어깨에 왕별을 달고 인민군협주단 단장, 인민예술가, 영웅칭호를 받았던 것이다.

시인 전동우는 영화가사창작으로 촬영소에 있으면서 창작실은 배우들의 실기연습실과 떨어져 있어 김정일을 찾아갈 이유가 별로 없었다. 얼마 후에 노동계급의 혁명성이 없다고 지방으로 추출되었다. 생각해보니 제때에 찾아뵙지 않은 괘씸죄인 것 같았다. 그때부터 반성문과 함께 축원의 인사를 친필로 써보내면서, 〈평양의 밤〉의 가사를 썼고 작곡가 김덕수가 노래로 만들었다. 노래가 나오자 명가사, 명곡이라는 치하를 받고 다시 돌아왔고 후에는 김일성계관인 문학상도 받았을 수 있었다.

김유라(김정일 본명)가 13세 되던 1955년 8·15해방 10주년 기념 전국문학현상 응모에 1등으로 당선됐던 동시「우리교실」은 아동작가 배풍이 써준 것이다. 1970년대 초 김정수라는 이름으로 발표한 가사 〈충성의 노래〉는 시인 김재화가 쓰고 작곡가 유명천이 노래로 만들었다. 그들도 후에 김일성계관인 문학상을 받았다.

그의 예술총서라는『영화예술론』은 연극영화대학 교원이며 평론가 이억일이 러시아 연극연출가 스타니 슬라브스키, 영화연출가 에이젠시타인, 영화연출가 푸돕킨의 이론들을 표절한 것이고 『주체문학론』은 평론가 한중모가 러시아의 문학평론가 벨린스키, 사회평론가 도브로브요프의 이론들을 표절한 것이다. 그런 국제적인 체면을 숨기기 위해 세계사적인 문예이론들을 전국적으로 싹 거둬들인 후에 김정일의 이름으로 발표했던 것이다.

한중모는 그 덕으로 교수, 박사, 원사, 김일성계관인 문학상의 명예를 다 받았다. 세상에 떠들어지고 있는 김정일의 천재는 그렇게 만들어진 것들이다. 그러나 3년간의 참혹한 전쟁의 흔적이 아직 가셔지지 않은 1960년대 초, 으슥한 농촌에 묻혀 있는 영화촬영소에 그런 인물이 박혀 있다는 것을 예술 부문의 측근이 아니고서는 아는 사람이 없었다. 그를 보좌하는 당중앙위원회 지도원 2명(후에 3명)이 항시적으로 있었고 그곳에는 그의 사무실과 침실도 있었다.

느닷없이 소집된 사상검토회의

신문과 방송이 들썩거리던 월드컵의 축구 열기가 서서히 식어가는 때 김정일은 나서지 않고 당중앙위원회 군사부에 지시하여 제8회 월드컵대회에 참가했던 선수들을 조용히 불러들였다. 자기를 무시했다는 강탈행위를 시작한 것이다. 대표단은 귀국행사가 끝나면서 국가체육지도위원회 주최로 단장, 정치부단장, 행정부단장의 참가로 제8회 월드컵대회의 참가과정을 총화하면서 해단식을 가졌다.

행정부단장의 실무보고와 경기에 출전했던 선수들이 연단에서 각자의 소감을 이야기하면서 정치부단장으로 갔던 당중앙위원회의 일군(대외담당과장)이 대표단 성원들과 선수들의 적극적인 노력으로 얻어진 성과였다는 인사로 화기애애한 분위기로 끝났던 것이다.

그런데 가을바람이 썰렁하게 불어오는 날에 갑자기 왜 따로 불러들이는가? 장소도 일반 회의실이 아니고 무력부가 주관하는 2·8선수단 회의실이었다. 국가체육위원회에서는 아무도 나타나지 않았다. 자리가 정리되자 2·8선수단 정치부장이 자리에서 일어나 대좌군복으로 틀스럽게 앉아 있는 사람을 눈으로 가리키며 말했다.

"당중앙위원회 군사부에서 나오신 분입니다."

그는 앉은 자리에서 턱을 들고 입을 열었다.

"동무들이 제8회 월드컵대회에서 성과가 좋았소."

그러면서 말을 찍었다.

"그러나 경기 과정들을 짚어보면 이국적인 행위들이 많았습니다. 동무들은 어떤 점들이 잘못됐는가, 사상적으로 각자 반성하면서 앞으로는 어떻게 하면 당중앙위원회에 더 충실하겠는가, 반성문을 내일 18시까지, 늦어도 다음날 아침 8시까지 이곳 정치부로 가져오시오. 그 이후 시간부터 내가 검토할 것이오."

시간을 촉박하게 찍어주는 것은 현상황이 긴박하다는 것이다. 불의에 남침을 감행한 불량한 집단이라면서 누구도 반겨주지 않는 이국 땅에서 조국을 위해서 세계 강팀들과 결사의 각오로 싸웠는데 이국적인 행위? 반성문? 무슨 일인지 알 수 없지만 불안해지는 것이다.

감독으로 갔던 명례현은 고개를 들지 못하고 있었다. 그는 모임이 시작되기 전에 군사부대좌의 부름으로 마주 앉아 정치사상적으로 잘못한 일들이 많았다고 질타하면서 윗분동지께서 이번 문제를 그냥 넘겨서는 안 된다고 엄한 지시가 있었다고 했던 것이다.

윗분, 그는 누구인가……? 김정일이다! 명례현은 정신을 차렸지만 이제는 어쩔 수 없이 지나간 일이다. 군사부 일군과 정치부장이 나갔어도 누구도 자리에서 일어서지 못했다. 이런 일이 누구의 지시에 의해서 벌어지고 있는지 그 내막을 털어놓고 밝힐 수 없어도 선수들에게 간접적으로라도 이야기하고 싶었다.

명례현은 무겁게 입을 열었다.

"사상검토회의가 끝날 때까지 자기가 느끼고 있는 생각을 누구에게 말하지 말고 쓸데없이 마주 앉지도 마시오. 반성문은 각자 자신을 검토하면서 쓰시오. 나도 그런 의도로 쓰겠습니다. 이만합시다."

이 시각, 지금부터 누구도 함부로 믿지 말라는 의문의 경고였다. 사상검토?! 코치 대행으로 골키퍼를 지도했던 이근학은 얼굴이 벌겋게 혈압이 오르고 있었다. 공격수로 갔던 김봉환도 얼굴이 벌겋게 물들고 있었다. 코치들로 갔던 강능조, 김광섭, 노택림은 고개를 들지 않고 일어섰다. 공격 코치로 갔던 연승철은 부르지 않았는지 나타나지 않았다. 그는 국가체육위원회에 남으라는 것을 지방생활이 좋다면서 청진으로 돌아갔던 것이다. 1950년 6월 25일 불의에 일으킨 전쟁이 3년간의 곤욕으로 끝나면서 얼마나 많은 사람들이 즉결재판으로 처형되고 끌려가고 추방됐던가? 그런 어지러운 정치파동의 이면을 예견했던 것인지도 모른다.

신영규는 마음이 무거웠다. 몇 년 전의 일이지만 2·8선수단에서 스케이트 선수이며 자전거 선수였던 감독 김용조는 누구도 모르게 끌려가 취조를 받고 지방으로 추방되었다. 1950년 10월 인민군이 북으로 퇴각할 때 자리에서 일어나지 못하는 늙은 어머니를 두고 떠날 수 없어 따라가지 못했다. 평양에 미군과 국군이 들어왔어도 어디에 가담하지 않았고 피난민들이 남쪽으로 구름처럼 밀려갈 때도 따라가지 않았다. 조국이 위급할 때 가족의 안위를 위해 늙은 송장을 지키고 있었다고 지방으로 축출시켰고 얼마 후에는 정치수용소로 끌어갔던 것이다.

그는 세계스케이트 3,000미터 경기에서 2등을 했던 한필화를 단발머리로 팔랑거리는 중학생 때 선발했으나 오빠가 남쪽으로 갔다는 자료를 보고 2·8선수단에 두지 못하고 평양선수단으로 보내주었다. 세계스케이트 1,500미터 경기에서 1등을 했던 김송순도 단발머리로 수줍음이 많은 중학생 때 선발하여 2·8선수단에 입단시켰다. 아시아의 1,000미터 우승자였던 고광자도 그렇게 선발되었다. 그런 일들은 국제스케이트 종목에서 북한이 처음으로 얻어낸 성과들이었다.

북한은 국내외 정세가 완화되면서 지난 시기의 일군들을 낡은 세력의 잔재들이라고 하나둘 축출하고 있었다. 씨름 선수였던 배윤출도 감방으로 끌려가 죽었다. 그는 북한의 민족경기를 일으켜 세운 선배였다. 해방 전에 씨름판에서 일본 경찰서장과 악수하면서 인사했던 친일분자라고 했지만 내용으로는 기독교 장로파였던 것이다. 영화배우 심영도 지방으로 추방되었다. 그는 공훈배우라는 명예칭호를 최초로 받았던 것이다. 해방 전에 서울 무대에서 간악한 일본인들에게 인사했던 친일분자라는 것이지만 내용으로는 독실한 기독교 출신이라는 이유였다.

종교인들, 특히 기독교인들을 무자비하게 처형, 축출하는 이유를 따져야 한다면 김일성의 외할아버지 강돈욱의 동생 강량욱은 평양 월향교회에서 명성이 자자했던 목사였고 일제치하의 평안남도 의원이었다. 그의 외가는 우리나라 기독교 1세들이었고 해방 후에도 하나님 신봉자들이었다. 그런 내용에 대해서 후일 김일성은 자기 외가는 조선의 하나님을 믿는 교인들이라고 했다. 조선의 하나님은 김일성, 자기를 말하는 것이다!

—세상에.

3,000명의 음악무용서사시의 조직자이며 지휘자인 박광우도 감방으로 끌려갔다. 국내에서 처음으로 만든 피아노를 김일성이 선물로 주었는데 그것을 다른 사람(제자)에게 주었다고 태도문제라면서 10년형을 주었다. 그에게는 모스크바음악대학에 유학을 가 있던 제자 허재복이 자기를 지도하는 러시아 교수에게 부탁하여 이탈리아의 최신형 피아노를 보내주었던 것이다. 그러니 김일성이 보내준 선물을 국산품으로 허술하게 처리하였다는 사대주의로 걸고 늘어진 것이다.

황해북도 사리원 출신의 바이올린 연주자이며 국립교향악

단의 전속 작곡가였던 최수동도 끌려갔다. 그의 아내는 가수 박복실이다. 연풍호를 다니면서 다른 가수들보다 공훈배우 칭호를 먼저 받을 수 있었다. 그곳에는 김일성, 김정일의 뒷방이 있는 곳이다. 그런 문제로 부부 간의 사이가 나빠지자 당에 대한 태도가 틀렸다면서 정치적 이유로 10년형을 받았다.

그 시기를 전후하여 이렇게나 저렇게나 끌려가고 추방되는 사람들의 이유를 돌아보면 신영규는 어떤 조건으로도 걸려들 수 있는 것이다. 살벌한 정치독재가 득세하는 사회에서는 죄를 만들면 범법자가 되는 것이다.

2·8선수단의 체조 선수 처녀가 감독실에서 찾는다고 알려주었다. 사무실로 들어가니 명례현이 이한복, 공시학과 같이 침울하게 기다리고 있었다. 그들은 은퇴하면서 2·8선수단의 연령별 축구감독들이다. 명례현은 말을 길게 하지 않았다. 사상검토는 김정일 지시라고 하면서 누구에게 이야기하지 말고 그런 의도를 알고 반성문을 쓰라고 했다.

이한복, 공시학과 같이 밖으로 나와 선수단의 행사용 풍차를 타면서도 운전기사가 있어 아무 말도 못하고 서로 손을 잡고 헤어졌다. 곁에서 들려오는 숨소리도 의심스러워지는 세상이다. 내가 왜 고향을 떠나왔던가? 이곳에 오지 않았으면 지금쯤 북방의 알 수 없는 산골이나 탄광으로 추방되었겠지만 그곳이 어디든 어머니와 같이 있을 것이다.

내가 왜 장가를 갔던가, 돌아보면 부질없는 짓이었다. 자기에게 무슨 일이 닥치면 아내와 아이에게는 어떤 시련이 닥칠까?! 아득한 이야기로 남아 있는 역사 기록이지만 삼국시대의 660년 백제의 계백장군은 마지막 전투를 앞두고 나라가 망하면 처자식들이 굴욕을 당할 것이라면서 떨리는 손으로 그들을 모두 죽이고 결전으로 나갔다. 황산벌전투에서 장열하게 전사하였다. 참으로 의욕이 강한 사나이였다는 생각이 들면서도 지금은 너 죽고, 나 죽는 전쟁의 살벌한 때가 아니지 않는가.

입안소리로 불렀다.

"어머니, 마음이 왜 이렇게 불안할까요?"

만약을 생각해보면 추방되거나 끌려가 죽을 수도 있는 것이다. 해외로 원정경기를 가서도 낯설고 물 설은 이국의 밤하늘을 우러러 가슴이 넘치도록 불렀던 내 나라, 내 조국은 지금 그에게 무엇을 요구하고 있는가? 남의 물건을 훔치려는 도둑의 흑심도 없었고 누구를 해치려는 살인자의 근본도 모르고 조국을 배반하려는 위선자도 아니다. 아버지와 어머니의 품에서 불량한 자식으로 태어나지도 않았다. 그의 집은 대대로 부도덕한 가문이 아니다. 임진왜란의 탄금대전투에서 병사들과 같이 장렬하게 전사한 신립申砬 장군이 먼 조상이다. 아버지는 그런 전통의 자부심이 대단했었다. 달리는 차창으로 저녁 하늘이 멀리 흔들리고 있었다.

예선 세 경기 되짚어본 사상검토회의

사상검토 회의는 사실상 서로 물고 뜯는 것이다. 누구를 더 많이 물고 늘어지는가에 따라 혁명성이 인정되는 것이다. 회의에 참가하면 아버지도 '동무', 어머니도 '동무', 형님과 동생도 '동무'가 되는 것이다. 이것이 공산주의자들이 부르짖는 사회평등의 내막이다. 반성문을 2·8선수단 정치부에 제출한 3일 후에 다시 모였다. 해당일군은 각자의 반성문을 검토하면서 출신성분에 따르는 정치적 결심을 하였을 것이고 누구의 결론을 받았을 것이다. 그 결론의 의미는 어떤 것이겠는가?

선수들은 누구나 놀랐다. 앞에는 당중앙위원회 군사의 부부장 인민군 중장 김익현이 뚝하게 앉아 있었다. 그는 아버지와 삼촌, 형님이 만주빨치산이었고 그 자신도 빨치산 출신이다. 해방 후에는 김일성의 비밀임무를 받고 노동자 신분으로 평양시공청부비서로 활동하였다. 1950년 전쟁에서는 중대장, 대대장으로 참가하였다. 전후에 소련파, 중국의 연안파, 국내의 각이한 파들을 숙청하면서 연대장에서 소장, 중장으로 승진했던 것이다.

그의 직속상관인 당중앙위원회의 군사부장은 인민군 대장 최현이다. 그의 아버지는 1920년대 독립군부대 지휘관이었고 그는 17세 때부터 권총을 차고 독립군을 따라다녔다. 일제경찰에 체포되어 연길감옥에서 수감생활 도중 탈옥하여 빨치산부대를 조직하고 부대장으로 활동했던 만주지방에서는 전설적인 인물이다. 그런 실력파의 부부장이면 누구 하나쯤은 그 자리에서 걷어넣을 수 있는 것이다. 선수들은 항일투사라는 인물을 눈앞에서 처음으로 상대하는 것이다. 얼굴이나 몸체가 각형으로 우람스럽고 투박했다. 회의 선언은 2·8선수단 정치부장이 했고 대좌가 엄숙하게 소개하려고 하자 중장이 손시늉으로 누르고 명단을 보면서 불렀다.

"명례현?"

성급히 튀어나며 대답했다.

"옛."

그는 2·8선수단의 축구감독으로 제8회 월드컵대회 국가선수단 감독으로 돌아와서는 성과가 좋았다고 소좌에서 중좌로 승진한 직후였다. 군사편제상 중좌는 중장을 바로 쳐다볼 수 없는 존재다.

"네가 감독이었어?"

책상에는 선수들이 쓴 반성문이 수북이 있었다.

"옛, 그렇습니다."

"말해봐."

대좌가 손으로 불렀다. 앞으로 나가면서 그가 주는 반성문을 받아들고 연탁에 섰다. 생각이 복잡해지는지 잠시 참가자들을 둘러보며 숨을 길게 내불고 입을 열었다.

"동무들!"

그는 조용하고 침착한 사람이다. 선수들의 거친 훈련을 지도하면서도 인상을 쓰지 않는다. 말로만 듣던 항일투사라는 묵직한 인민군 중장이 뚝하게 앞에 앉아 있으니 긴장한 모양이다. 그의 입에서는 처음으로 듣는 말들이 흘러나왔다.

"조국에 돌아와 생각해보면 우리가 잘못한 점들이 많았습니다."

소련, 칠레, 이탈리아, 포르투갈 경기 과정을 전술적으로 분석하면서 우리가 처음부터 윗분동지의 가르침을 받았더라면 8강을 넘어 4강이나 세계 최강에 올랐을지도 모른다고 했다.

"워, 저게 무슨 소리야?!"

누구도 모르게 흘러나오는 의문의 탄성이었다. 축구에서 세계 최강을 부르짖는 사람이 누구인가, 윗분?! 선수들은 지금까지 그런 직함을 들어보지 못했다. 수군수군 김정일이라는 것을 느끼면서도 그의 존재가 이렇게 위압적이라고는 생각하지 못했다. 설마 그렇게 됐다고 해도 누가 그의 지도에 의해서 그런 기적이 일어난다고 믿겠는가, 어이없는 넋두리지만 살벌한 정치독재의 권력 앞에서는 그렇다고 머리를 조아려야 숨가쁜 운명이 이어질 수 있는 것을 20대의 청년들은 아직 알 수 없는 것이다.

명례현은 반성문에서 누구의 잘못을 이야기하지 않고 경기 과정의 실책들은 자기 잘못이라고 했다.

대좌가 물었다.

"경기에서 감독의 전술지시를 무시하고 제 멋대로 뛰어다닌 선수도 있지 않았소?"

"선수들은 감독과 코치들의 지시로 경기들에 열심히 참가하였습니다. 책임은 전술지도를 잘하지 못한 나에게 있었습니다."

그는 조심스러워하면서도 경기에 대한 책임을 선수들, 누구에게 넘기지 않고 자기의 잘못이라고 했다. 출판기자들은 그의 절절한 반성문에서 허풍스런 낭설들은 정리하고 다음날 평양신문 3면에 큼직하게 발표하였다.

대좌가 불렀다.

"이찬명."

놀랐는지 성큼 일어섰다.

"옛."

순서로 보면 수석 코치 강능조, 주장 신영규를 불러야 하는데 토론 대상은 이미 정해져 있는 것 같았다. 그는 앞으로 나가면서 대좌가 주는 반성문을 받아들고 얼굴을 들지 못하고 서성거리며 말했다. 어디서나 촐랑거리는 버릇이 오늘은 까투리처럼 어깨를 펴지 못하고 소련과의 첫 경기에서 3 대 0은 자기의 잘못이라고 했다.

대좌는 경기 과정을 넘겨짚으며 말했다.

"포르투갈 경기에서 주장이 자기 위치를 멋대로 이탈한 때가 있었잖소. 체육전문가들이 아닌 우리가 보기에도 잘못된 행동이었소. 그것은 조국의 골문을 열어주려는 반역행위란 말이오.”

반역행위, 이게 무슨 일인가? 신영규를 말하는 것이다. 이럴 수가, 문제를 심각하게 제기하고 있는 것이다. 선수들이 술렁이자 대좌는 중장의 눈치를 보며 말했다.

“조용들 하시오.”

선수들을 무겁게 눌러보며 다시 물었다.

“동무는 앞에서 선수들이 움직이는 위치를 봤겠지?”

얼굴을 들지 못하고 대답했다.

“예.”

“주장이 자기 위치를 이탈한 때가 몇 번 있었지?”

“예.”

그것은 전술적 움직임이었다. 선수들의 숨소리가 거칠게 술렁이었다. 대좌는 말을 더 시켜야 안 되겠는지 손으로 들어가라고 했다. 자리에 들어와서도 얼굴을 들지 못했다.

대좌가 불렀다.

“박두익 동무.”

“옛.”

성큼한 체대를 구불서 숙이고 대좌가 주는 반성문을 받아들면서도 얼굴을 들지 못했다. 자기를 바라보고 있는 선수들은 아침저녁으로 반가운 친구들이었고 국제경기에서는 혼연일체로 뛰었던 전우들이다.

“왜 풀이 죽었어? 너는 촐랑거리는 이찬명과는 다르지 않아?”

누구의 목소리가 귓속으로 파고드는 것 같았다. 대좌는 그의 긴장한 마음을 풀어주려고 부부장을 부르며 말했다.

“중장 동지, 저 동무가 이탈리아를 무너뜨린 선수입니다.”

“음, 잘했소.”

회의는 명례현의 기조연설 같은 긴 반성문을 듣고 이찬명의 더듬거리는 소리를 들으면서 묻고 대답하느라 시간이 퍽이나 흘렀다. 중장은 지루했는지 박두익이 반성문을 읽으려 하자 먼저 물었다.

“야, 영화를 보니까 왁작거리는 술자리가 있던데 자본주의 나라에 가서 그렇게 풍청거리면 안 되는 거지.”

영화는 북한 촬영가들이 현지에서 찍었던 기록 필름을 말하는 것이다.

“우리가 이탈리아를 이겼다고 미들즈브러 시에서 차려준 축하연회였습니다. 선수들은 술을 먹지 않았습니다.”

대좌가 따지고 들었다.

"오고가는 술잔들을 받지 않았소?"

"받기는 해도 먹는 시늉으로 입에 대고 옆으로 밀어놓았습니다."

중장이 혼자소리로 말했다.

"음, 그래야지."

대좌는 이야기가 다른 방향으로 흐르자 불렀다.

"두익 동무."

"예."

"포르투갈 경기에서 주장이 자기 위치를 지켰으면 그렇게 패하지 않을 수 있었잖소?"

고개를 들지 못하고 어눌하게 대답했다.

"예."

선수들의 숨소리가 다시 술렁이었다.

"조용들 하시오."

대좌는 안 되겠는지 선수들을 둘러보며 박두익에게 들어가라고 손시늉을 보내고 불렀다.

"김봉환 동무."

오윤경과 한봉진의 사이에 앉아 있던 그는 누구들보다 자기를 먼저 부르리라고 생각을 못했었는지 서슴거리면서도 성큼하게 대답했다.

"예."

"기관사 출신이지?"

"그렇습니다."

서평양기관차에서 조수로 불을 때면서 일했을 뿐이지 기관사는 아니었다. 그러나 사람들은 그렇게 부른다. 그는 다부진 체질에 기관차처럼 저돌적이고 완강한 선수다.

"기관사는 노동계급의 핵심이오. 동무는 우리당의 기본계급으로 이번 사건을 어떻게 생각하오."

모르는 척 반문했다.

"어떤 사건 말입니까?"

"우리가 포르투갈 경기에서 세 꼴을 먼저 넣고 이겼다고 생각했는데 어이없이 패했단 말이오. 왜 그렇게 무너졌다고 생각하오?"

잠시 생각하는 듯 숨을 고르고 입을 열었다.

"우리가 기술적으로 준비를 잘하지 못했던 것도 원인이 되겠지만 국제심판의 편심이 많았습니다."

대좌가 그의 반성문을 들고 말했다.

"여기는 그런 내용을 쓰지 않았잖소?"

"반성문에 자기 잘못을 쓰면 되는 것이지 그런 이야기로 변명하겠습니까?"

"그런데 지금은 왜 그런 말을 하는 거요?"

"물어보시니까 대답하는 겁니다."

중장이 손시늉으로 대좌의 입을 누르고 물었다.

"국제심판이 왜 그런 것 같아?"

"영국에 가보니까 국제조직의 패거리들이 우리나라를 불량한 정치집단이라면서 태도가 아주 나빴습니다."

중장이 엄하게 소리쳤다.

"야! 그것은 1950년 전쟁에서 우리가 승리했고 지금은 우리나라가 천리마의기세로 경제발전을 이룩하기 때문에 심술을 부리는 거야. 사람은 남이 잘되면 배가 아프다는 심보가 있잖아."

"예, 그런 심보가 있습니다."

대답을 하면서도 속으로 묻고 싶었다.

—우리는 1950년 6월 25일 전쟁을 북한에서 새벽 4시에 남침했다는 각국 기자들의 질문을 받고 놀랐습니다. 그것이 사실입니까?

물어볼 수 없는 심정이었다. 저런 먹통 같은 인간들 때문에 우리가 해외에 나가서도 골통을 당하고 있는 것이 아니겠는가.

중장이 주먹을 들고 말했다.

"그러니까 외국에 나가면 정신을 버쩍 차려야 해."

"예. 그렇게 생각하였습니다. 때문에 우리는 수령님께서 보내주신 위로전문을 받고 눈물을 흘리면서 결사의 각오를 했고 영규 동무는 선수들에게 국제경기에서 축구를 하면서 죽는다면 그것은 수령님의 전사로 영광이고 조국의 자랑이라고 했습니다. 이탈리아 경기에서 두익이 넣은 골도 영규 동무가 이탈리아 선수와 몸싸움을 하면서 헤딩으로 길게 넘겨준 볼이었습니다. 기막힌 먼 연락(롱패스)이었습니다."

중장은 축구 경기의 실황이 듣기 좋은지 턱을 끄덕이고 있었다.

"우리가 소련과 첫 경기에서 패한 후에 영규 동무는 선수들에게 자기가 막지 못해 미안하다고 했습니다. 그 경기는 그들이 우리를 전략적으로 속였고 마구잡이로 달려들었던 총소리 없는 전쟁이었습니다. 핵심선수 세 명이 부상으로 쓰러지면서 뼈아픈 경기였습니다."

잠시 숨을 고르고 말을 이었다.

"두 번째 칠레 경기에서는 국제심판의 편심으로 경기가 잘 풀리지 않았습니다. 공격에서 두익이 볼을 제대로 처리하지 못했습니다. 그때 영규 동무가 볼을 밀고 전방으로 나오면서 선수들의 활동범위를 서로 교차시켜주었습니다. 그때부터 경기가 제대로 풀렸습니다."

대좌가 손을 들고 막았다.

"자기의 반성인데 여기서 그런 말은 필요 없단 말이오."

"경기 과정을 알아야 반성하지 않겠습니까?"

말을 이었다.

"포르투갈 경기에서 전반전에 우리가 먼저 세 골을 넣은 것은 영규 동무가 중간지대를 철저히 장악했기 때문이었습니다. 경기가 진행되면서 국제심판의 편심이 노골적이었습니다. 한 경기에 페널티킥만 세 번을 주었습니다."

중장이 물었다.

"페널티킥이 뭔가?"

대좌가 어중하게 설명했다.

"골문 앞에서 11미터 거리를 두고 볼을 차넣는 것을 말합니다."

"빼날? 응, 그렇게 차는 것이 있지."

그리고 물었다.

"그런 것을 우리에게 세 번씩 주었어?"

"예."

"나쁜 놈."

국제축구경기의 과정은 어찌됐든 김일성의 친위전사였으며 김정일의 측근으로 그가 나쁘다면 그렇게 되는 것이다.

그러거나 말거나 김봉환은 말을 이었다.

"각국의 체육전문가들과 국제축구연맹 회장은 영규 동무를 이번 제8회 월드컵대회의 최우수선수로 지명했고 아시아에서 어떻게 저런 선수가 있을 수 있냐고 놀라워했습니다."

중장이 눈을 서물거리며 물었다.

"국제축구연맹이라는 것도 있소?"

"예, 각 나라의 축구조직이 망라된 국제축구의 실권을 가지고 있는 대단한 조직입니다."

"그렇게 권위 있어?"

"월드컵대회가 진행되는 국제행사에서는 어느 나라 대통령보다 더 권위 있습니다."

"그런 사람이 그렇게 말했어?"

"예."

"직접?"

"그렇습니다."

"음."

이러고 보면 오늘 중장이 참가한 것은 회의를 지도한다는 것보다 사상투쟁회의 엄숙한 분위기로 선수들에게 위엄을 주기 위한 것 같았다. 문이 열리며 부관인 듯 소좌가 들어와 부동자세로 불렀다.

"중장 동지, 시간이 지났습니다."

자리에서 일어서자 명례현이 힘차게 불렀다.

"차렷!"

놀란 듯 모두 자리에서 튀어났다. 중장은 기분이 좋았는지 참가자들에게 손을 들어보이며 나갔다. 대좌가 황급히 따라갔다. 이쯤 되면 회의 분위기는 어느 정도 선수들 쪽으로 기운 셈이다.

PART 3

월드컵 영웅에서
도자기 운반공으로

사상투쟁회의 방향은 이미 신영규에게

회의를 다시 시작하려는 것 같은데, 기분이 잡쳤는지 대좌는 입을 열지 않았다. 정치부장이 주전자에서 큼직한 잔에 물을 가득 부어 두 손으로 정중히 들어주었다.

벌컥벌컥 마시고 거칠게 불렀다.

"김봉환."

"예."

"오늘은 누구를 칭찬하는 회의가 아니란 말이오."

그도 불편한 심기로 말했다.

"우리는 조국을 위해서 죽을 수 있다는 각오로 뛰었습니다. 그런 투지를 반역행위라면서 누구의 잘못을 따지려면 공훈체육인 칭호는 왜 주었습니까? 국제사회가 우리나라 축구 실력을 높게 평가하니까 온 세상이 다 알도록 신문방송으로 소문을 내고 뒤에서는 이렇게 누구를 잡으려는 겁니까?"

북한의 정치체제에서는 그런 말을 함부로 해서 안 되는 것이다. 누구도 모르게 끌려가 처형될 수도 있는 역풍이다.

"저 사람이……."

봉환은 누가 소리친다고 위축되는 기질이 아니다.

"누구의 잘못을 따진다면 책임은 내가 책임져야 합니다. 나는 공격수로 골을 하나도 넣지 못했습니다. 내가 포르투갈 경기에서 두 골이나 세 골을 넣었다면 우리가 이겼을 것입니다. 책임은 나에게 있습니다."

그는 공격에서 박승진, 김승일, 박두익, 한봉진 또는 누구들이 골을 넣을 수 있도록 다부진 동작으로 상대 진영을 흔들면서 길을 열어주는 것이 전술적 요구였고 그렇게 했던 것이다.

대좌는 안 되겠는지 누그럽게 말끝을 돌렸다.

"잡기는 누가 잡아?"

"대좌 동지!"

"말하시오."

"국제축구경기에서 한 골은 금값이라고 합니다. 그것이

조국의 자랑이고 수령님께 드리는 영광이 아니겠습니까? 우리는 죽어도 좋다는 결사의 각오로 싸웠습니다."

격한 마음을 누르고 말을 이었다.

"오늘 회의가 그렇지 않습니까? 영규 동무는 자기 위치를 떠나는 순간에도 볼을 발끝으로 달고 상대선수들을 이리저리 제치면서 선수들의 위치를 전술적으로 바로잡아주었습니다. 그 후부터 경기는 뜻대로 풀렸습니다. 이런 놀라운 활동을 금값에 비기겠습니까?"

그리고 거칠게 불렀다.

"두익이, 이탈리아 경기를 끝내고 눈물을 흘리면서 영규 동무에게 뭐라고 말했어, 자기를 끝까지 믿어주어 고맙다고 했지, 그 골도 영규 동무가 보내준 볼이었잖아, 네가 그렇게 말할 수 있어? 영규 동무의 축구 실력이나 전술지도에 대해서는 각국 체육전문가들도 놀랐잖아."

박두익은 양성국의 곁에, 이찬명은 골키퍼 후보로 갔던 안세복의 곁에서 얼굴을 들지 못하고 있었다.

"너희들이 있지도 않은 일을 왜 그렇게 만드는지 모르겠지만……."

그들을 격하게 찔러보며 말을 이었다.

"지금도 그렇고 앞으로도 그렇게 살지 마. 백년천년을 살고 싶어? 사람은 언제인가 죽는다고, 나는 세계 강팀들을 우리 실력으로 누르고 8강에 올랐던 조국의 축구선수로 참가했다는 것이 자랑스럽고 수령님께서 위로전문을 보내주신 것이 너무도 고마웠어. 자본주의 전통국가인 영국에서 조국이 얼마나 그리웠어. 우리 함께 조국의 노래를 부르고 수령님 만세를 부르면서 눈물을 흘렸잖아! 수만 리 이국 땅에서 흘렸던 눈물이 가짜였어? 그러면 너희들은 진짜 반동이었어!"

이런 격한 감동의 사실을 누가 반박하겠는가? 선수들은 8강이 결정되는 순간 서로 손을 잡고 조국을 우러러 눈물을 흘렸던 것이다. 회의장 분위기가 숭엄해졌다. 대좌도 투박하면서도 열정적인 그의 열변에 마음이 뭉클해졌는지 친근하게 불렀다.

"봉환 동무."

"예."

"오늘 회의는 앞으로 더 각성하자는 것이지 다른 의미는 아니오. 동무들은 조국의 자랑이고 영웅들이오."

대좌는 선수들의 분위기로 봐서 사상투쟁회의를 더는 할

수 없었는지 문서를 주섬주섬 집어들며 정치부장에게 턱을 끄덕이었다. 그가 엉거주춤 일어서며 말했다.

"오늘 회의는 이만합시다."

김봉환이 정치부장에게 투박하게 물었다.

"내일도 이곳으로 출근합니까?"

대좌가 뚝하게 바라보다가 슬쩍 웃으며 말했다.

"아니오. 끝났소."

누구를 공개적으로 물고 늘어지려다 김봉환의 열정적인 대답과 질타에 회의 분위기가 뒤집어진 것이다. 오늘의 사상투쟁회의는 준비 자체가 어설프게 꾸며진 촌극이었다. 항일투사라는 묵직한 인물이 참가하면 회의가 자기들의 뜻대로 흘러갈 것으로 생각했던 것이 노동계급의 핵심이라는 당돌한 친구의 입에서 바른 말들이 쏟아지면서 대좌의 체면이 구겨진 것이다.

김봉환은 저대로 속이 풀리지 않는다. 이찬명은 아직 어리고 촐랑거리는 물건이지만 박두익, 너는 왜 그렇게 뒤집어지는 거야? 너나 내가, 아니 우리가 그럴 수 있어? 그가 생각하는 우리는 이한복, 공시학, 이근학, 신영규, 한봉진, 오윤경, 림중선, 김승일, 박승진, 강봉칠, 여기에 박두익도 포함된 국가선수단 중진들이다. 이들이 사실상 1960년대 초부터 북한축구의 실력을 몸과 마음으로, 강인한 정신으로 빛냈던 것이다.

2·8선수단에서 준비한 식사도 묵묵히 했다. 차려진 음식은 괜찮았어도 분위기는 침울했다. 명례현의 조용한 지시로 각자 헤어졌다. 어이없는 모임이면서도 속이 끓는 막장 같은 나락이었다. 오늘 같은 자리에서도 누구의 눈치를 보면서 그들의 불편한 강요에 끌려든다면 네가 죽고 내가 살아야 하는 살벌한 현장에서 변절은 얼마나 처절하고 참혹하겠는가?

김봉환은 마음이 무거웠다. 맨 마지막으로 밖으로 나오니 이찬명, 박두익이 저쯤에서 서성거리고 있었다. 그들 곁에는 아무도 없었다. 뒤에서 똑똑 창문을 두드렸다. 돌아보니 공시학이었다. 사무실에 들어서니 한봉진, 오윤경, 박승진, 김승일, 신영규가 무겁게 앉아 있었다.

공시학에게 물었다.

"한복은 어디 갔어?"

"정치부장 만나."

"감독은?"

"피곤해서 먼저 들어갔어."

명례현은 폐결핵 증상으로 담배도 끊었고 일상생활에서

도 약을 복용하는 체질이다. 조국에 돌아와 들뜨는 환영이 끝나면서부터 보이지 않는 압력에 누구보다 정신적 피로가 많을 것이다.

신영규가 조용히 불렀다.

"봉환이."

마주보는 눈이 물기에 젖는다.

"나 때문에 나서지 마. 결정은 이미 돼 있는 것 같아. 지금 상황에서 누가 나선다고 될 일이 아니야."

사상투쟁회의 방향을 신영규에 집중시키고 있다는 것을 느끼면서도 정신적으로나 육체적으로 똘똘 뭉쳤던 우리가, 이찬명, 박두익 너희들이 그럴 수 있어? 그들의 저질스런 대답을 들으면서 참을 수 없었던 것이다.

공시학이 말했다.

"어제 대좌가 이찬명, 박두익을 따로 만났어."

"그랬겠지."

허탈하게 숨소리를 길게 불며 말했다.

"하기는……, 어렵고 복잡할 때는 누구라도 물고 늘어져야 자기는 사니까. 그렇게 구질거리면 오래 사는가? 더러운 자식!"

그는 누구보다 박두익이 가증스러운 것이다. 국가선수단의 생활도 같이 수 년이 지났던 것이다.

신영규가 말했다.

"그러니까 봉환이도 나 때문에 덧창을 맞지 말고 나서지마."

그의 씁쓸한 웃음이 슬펐다. 마음속으로는 각오를 하고 있는 것 같았다. 김봉환은 눈앞이 어리어 얼굴을 창밖으로 돌렸다. 이찬명, 박두익이 아직도 서성거리고 있었다.

신영규는 김봉환의 손을 꾹 잡고 말했다.

"천천히 와."

공시학, 한봉진, 오윤경, 김승일, 박승진의 손을 잡아주고 문을 열고 느슨하게 웃으며 문을 닫았다. 가슴을 파고드는 알 수 없는 부탁을 남겨주는 것 같았다. 지주의 자식이라는, 남쪽으로 도주한 자의 자식이라는 출신성분의 차별을 넘어 출중한 축구 실력으로 세계 만방에 조국의 영광을 떨쳤건만 차례진 것은 반동계급이라는 피할 수 없는 굴욕이었다.

왜 신영규에게만 저런 장막이 덮치는가? 누구도 말을 못했다. 사악한 김정일이 나서는 독단이라면 어쩔 수 없는 것이다. 1960년대 중반으로 들어서면서 그가 지도한다는 예술계에서는 눈에 거슬리면 누구라도 추방시키고 정치수용소로 끌어가고 있었다.

안전조직책임자의 첩자였던 골키퍼 이찬명

2·8선수단의 정문을 나서는 신영규 앞으로 박두익, 이찬명이 서슴서슴 다가서고 있었다. 무슨 이야기를 할까? 그들에게도 어쩔 수 없는 사연이 있을 것이다. 대동강에서 불어오는 가을바람이 옷깃을 거칠게 흔들었다.

"신 동지!"

이찬명이 불렀다. 그들의 서먹한 눈길에 웃어주며 말했다.

"괜찮아. 사상투쟁회의 요구가 그런데 어쩌겠어."

그리고 진중하게 불렀다.

"두익 동무, 앞으로 친구들을 많이 도와줘."

두익이! 다정한 친구의 부름은 어디로 가고 '동무'의 사업상 요구로 다시는 누구를 물고 늘어지지 말라는 내심의 질책인지도 모른다. 그의 아버지도 두 형님을 데리고 남쪽으로 갔고 신영규의 아버지도 형님을 데리고 남쪽으로 갔으니 같은 처지로 누구보다 아끼고 살펴줘야 할 것이지만 그렇게 할 수 없는 그의 처지도 생각해보면 불안할 것이다.

신영규는 조용히 불렀다.

"찬명 동무, 앞으로 우리나라 골문을 더 잘 지켜."

찬명아! 막내처럼 불러주던 친근한 부름이 한순간에 '동무'라는 질책으로 멀어진 것이다. 손끝으로 눈을 더듬으면서도 대답을 못했다. 평양으로 돌아와서는 기관차선수단에 나타지 못하고 2·8선수단으로 조용히 소속을 옮겼던 것이다.

그는 제8회 월드컵대회 참가를 위한 국가선수단이 조직되면서 파견된 안전조직책임자의 첩자였다. 침실을 같이 쓰는 선수들은 조용한 시간이면 책도 별로 보지 않는 그가 일기를 쓴다면서 눈을 흘끔거리는 것이 이상했다. 신진선수들이 어느 틈에 그의 비밀스런 책을 털어보았다. 평양을 떠나기 전부터 선수들의 동향이 날짜, 개인 별로 적혀 있었다. 특히 박두익, 신영규, 박승진에 대한 자료가 구체적이었다.

"개 같은 자식, 첩자였구나!"

저녁식사 시간에 김봉환에게 말했다. 그는 기관차축구선수단에서 주장이면서 국가선수단에서는 담차고 강인한 공격수다. 이찬명이 21세 어린 나이에 국가선수단의 골키퍼로 선발된 것은 그의 추천도 있었던 것이다. 무작정 책을 빼앗고 다짐을 받았다.

"너 지금까지 그렇게 살았어?"

"잘못했습니다."

"그것이 네가 받은 임무니까 평양에 도착할 때까지 그런 짓을 해야겠지만 누구를 함부로 물지 마."

"다시는 그러지 않겠습니다."

김봉환은 첩자의 일기장을 영국에서는 어떻게 할 수 없었다. 화장실에서 한 장 한 장 불태워버렸다. 명례현과 신영규에게 이야기했다. 어떻게 할 것인가? 그때는 모든 일정을 끝내고 조국으로 떠나오기 전날이었다. 그런 사실이 한 입 두 입 옮겨지면 기관차선수단에서 왕따를 당할 수 있는 것이다. 체육선수의 거친 기질은 남보다 잘하겠다는 의욕이 때로는 야기적인 반발로 이어지기도 하는 것이다.

"네가 그런 놈이었어?"

으슥한 곳에서 누구도 모르게 뭇매를 맞을지도 모른다. 이찬명은 골키퍼의 남다른 자질을 가지고 있었다. 신영규는 피할 수 없는 이 문제를 군사체제가 있는 2·8선수단에 있으면 괜찮을 것이라는 생각으로 김봉환의 동의 하에 명례현에게 이야기했다. 그는 2·8선수단에서 축구감독을 겸하고 있는 것이다. 신영규는 이찬명에게 수속 방법을 알려주면서 평양에 도착하면서 소속을 조용히 옮기도록 했던 것이다.

이찬명에게 신영규는 감히 넘겨볼 수 없는 인격이었고 여러 모로 고마운 은인이었다. 자기를 용서하고 이끌어준 전설 같은 선배를 배신했다는 돌이킬 수 없는 치욕으로 얼굴을 들지 못했다. 털어놓고 말해서 그의 숨겨진 첩자행동을 감독과 코치들만 알고 소련의 세 골, 포르투갈의 다섯 골들 중에 어떤 것은 골키퍼 이찬명의 비겁한 행동이라고 했다면 그는 공훈칭호를 받지 못했을 수도 있는 것이다. 영규는 그렇게 하지 않았다. 설사 누가 그렇게 해야 한다고 했어도 반대하였을 것이다.

박두익의 손을 잡아주며 말했다.

"체육 부문도 윗분동지께서 지도하신다니까 잘 도와드려."

이찬명의 손을 잡아주며 말했다.

"우리나라 골문을 10년, 15년은 지킬 수 있잖아. 윗분동지께 기쁨을 많이 드려."

쓸쓸히 웃어주며 고개를 숙이고 천천히 걸었다. 지금 이런 환경이 아니었으면 우리가 이렇게 헤어지겠는가? 대좌와의 밀담을 알고 있는가? 이찬명은 그에게 마지막까지 배신자였다. 대좌는 윗분동지께서 이번 사건을 엄하게 취급하라고 하셨다면서 강요했던 것이다.

이번 사건……, 그들도 처음은 반박했었다. 도대체 우리가 무엇을 어쨌다는 것인가? 밤잠을 설치면서 조국을 위해, 수령님을 위해 혁명정신으로 싸워야 한다고 각오를 다졌던 일들이 결국은 이런 것이었던가, 그러면서도 대좌의 엄한 요구에 마음이 점차 흔들렸던 것이다.

대좌는 먼저 이찬명을 만나고 박두익을 만났다. 경기들에서 있었던 신영규의 활동에 대한 흠집을 조목조목 짚으라고 할 때, 각국 체육전문가들과 국제축구연맹 회장도 아시아에서는 처음으로 나타난 세계적인 선수로 높이 평가했다고 말했다.

대좌가 이찬명에게 말했다.

"동무는 누구보다 당의 배려를 많이 받은 사람이란 말이요."

제8회 월드컵대회 참가를 위해 평양을 떠나기 전에 자제

일군의 날치기 경제범으로 8년형을 받고 감방에 있던 외삼촌을 그 자리에서 석방시켜주었다는 언질이었다.

"잊지 않고 있습니다."

대좌는 박두익이 경기 과정에 신영규의 위치 이동은 전술적 의도였다고 말하자 버럭 소리쳤다.

"동무도 탄광으로 가고 싶어?"

가슴이 덜컥했다. 아버지와 형님들이 남쪽으로 갔다는 것을 알고 있는 것 같았다. 가슴이 무너지는 순간이다. 사상투쟁회의 결론은 그렇게 만들어졌던 것이다. 대좌는 신영규가 경기들에서 수비의 위치를 떠났다는 행위를 무조건 짚으라고 했다. 오늘 그 대목에서 뜻밖에 김봉환의 반박할 수 없는 사실적 논리로 강한 질타를 받았던 것이다. 사람은 잊지도 않는 흠집을 만들어 누구를 물고 늘어지면 언제인가는 그도 그렇게 물리는 것이다. 이것이 인류의 흘러온 악의 정의인지도 모른다.

생기령도자기공장으로 추방된 신영규

어젯밤 22시 42분에 평양역을 떠난 열차는 다음날 오전 10시가 지나면서 도착하였다. 책임안전원이 먼저 내렸다. 신영규가 따라 내리고 뒤로 딸이 엄마 손을 잡고 내렸다. 곁에는 두 안전원이 있었다. 그들도 평범한 여행객 차림이었다.

여기가 어디인지 주위를 둘러보는데 책임안전원이 말했다.

“주을입니다. 목적지가 생기령인데 급행열차는 그곳에 정차하지 않습니다. 4킬로미터 정도 멀지 않습니다.”

홈에는 함경북도 안전원이 사복 차림으로 기다리고 있었다. 마른 체형의 성큼한 사나이는 웃어보는 인상이 그리 나쁘지 않았다. 책임안전원은 그에게 호송문건을 넘겨주고 그냥 돌아서기는 뭣했는지 신영규의 손을 끌어 잡아주며 말했다.

"건강하십시오."

"고맙습니다."

열차로 오는 긴 시간 동안 그가 보여준 인품을 믿고 싶었다.

"부탁해도 되겠습니까?"

"예, 괜찮습니다."

"평양선수단에 이근학 압니까?"

"이름은 많이 들었습니다."

북한축구선수단에서 이름난 골키퍼였던 그의 얼굴은 몰라도 체육에 과심이 있는 사람이면 알고 있을 것이다.

"내가 이곳에 왔다고 알려주겠습니까?"

"예."

갑자기 없어졌다면 정치수용소로 끌려갔을 것으로 생각할 것이기에 그런 근심을 덜어주려는 것이다. 다른 두 안전원은 화물로 내리는 짐들을 지켜보고 정리된 다음에 함경북도의 두 안전원에게 인계했다. 그들도 사복 차림이었다. 짐들은 두 대의 소달구지에 싣고 떠났다. 도로는 비포장이라도 석비레로 다져진 길이라 괜찮았다.

마을에 도착하니 16시가 지나고 있었다. 낡은 집이라도 뒤에는 나지막한 야산이고 앞에는 마을길을 사이에 두고 넓은 논밭이 펼쳐져 있는 단독주택 앞에서 평범한 차림의 사람이 기다리고 있었다.

자기를 겸허하게 소개했다.

"도자기공장 지배인입니다."

평양에서 추방된 자를 공장지배인이 맞아주니 황송스러웠다. 그러고 보면 자기의 추방이 그리 나쁜 대상은 아닌 것 같았다.

"고맙습니다."

작업반장이라는 사람이 아내에게 물어보면서 짐들을 안으로 들이고 있었다. 지배인이 이 지방의 연혁을 이야기해주었다. 가을의 짧은 해는 벌써 기울고 있었다. 함경북도의 저녁바람은 으스스 추웠다. 현지에 도착한 지금도 믿기 어려웠지만 가정환경의 불미한 출신으로 보면 자기에 대한 이런 처리가 노동당의 계급정책으로는 응당한 것인지도 모른다.

어제 아침 집을 나서는데 40대 초반의 사나이가 곁으로 다가서며 이름도 묻지 않고 말했다.

"시안전국에서 왔습니다."

집으로 들어오는 길목에 풍차가 있었다. 예견하고 있었던 마음이라 그리 놀라지 않았다.

"혁명화로 멀리 갈 것 같습니다."

혁명화라면 지방으로 추방시킨다는 것인데 사실이겠는가? 사상투쟁회의가 끝나면서 지주의 자식이고 아버지와 형님이 남쪽으로 도주한 적대계급의 자식이라는 이유로 어느 날, 어느 시간에는 누구도 모르게 정치수용소로 끌려갈 것으로 생각하고 있었던 것이다. 풍차에는 30대 중반의 두 안전원이 있었다. 그들도 사복 차림이었다.

자기를 안전원 세 명이 지킨다? 풍차는 시안전국의 높은 울타리 안으로 들어갔다. 방으로 들어갔다. 취조실이 아니고 사무실이다. 오후 시간이 지나면서 아내와 딸이 왔다. 이렇게 한 가족이 모이는 것도 다행이다. 이런 일이 있을 수 있다고 말해서인지 그리 놀라지 않았다.

딸이 품에 안기며 울었다.

"아버지!"

"울지 마."

아내의 손을 잡아주며 말했다.

"미안해."

"괜찮아요. 어디서나 함께 있으면 좋아요."

저녁식사를 가져다주었다. 죄수의 식사가 아니었다. 혁명화라면 어디로 가겠는가? 지방으로 추방시키는 대상으로 감시가 무거우면서도 명성이 자자했던 축구선수라 그러는지 까다롭지는 않았다. 22시가 지나면서 풍차에 실려 거리에 나서니 평양역 시계탑이 보였다. 연락이 있었던 것 같다. 간부들이 출입하는 곳을 지나 열차 침대칸으로 올랐다. 자리도 하단이다. 배려인가?

책임안전원이 조용히 말했다.

"짐들은 화물로 열차에 먼저 실었습니다."

그런 일은 안전원들의 감시하게 조직했을 것이다.

청진 방면 열차였다. 그곳에는 수성정치수용소가 있는 것으로 알고 있다. 북한에서 최초로 만들어져 죽어서도 나올 수 없다는 곳이다. '수성'이라면 인육공장이 있다는 소문이 나돌던, 이제는 숨길 수 없는 곳이다. 모를 일이다. 그런 곳으로 열차침대로 데려가는가? 승객들은 국가축구선수단의 주장 신영규라는 이름을 신문이나 방송으로 들었어도 그를 직접 본 사람이 별로 없으니 지금 이 열차에 그가 타고 있다는 것을 알 수 없는 것이다.

평양시안전국에서는 신영규에 대한 자료를 받고 그가 지

방으로 추방된다면 사회적으로 인기가 높았던 것으로 여론이 확산될 것을 우려해 누구도 모르게 조용히 데려가기로 했던 것이다. 제8회 월드컵대회가 끝나면서 그는 축구의 전설로 사람들의 선망이었고 겸허한 인품에 대해서 널리 알려진 것이다. 김정일의 사악한 기질로는 그런 사회여론의 우상을 그대로 둘 수 없는 것이다. 앞으로 체육계 전반을 틀어쥐려면 그런 대상들을 적당히 축출하면서 그의 주변인들에게 정치적인 살벌한 위압을 주어야 했을 것이다.

명례현은 소속대로 한다면 무력부가 처리했어야 하지만 당중앙위원회 군사부의 요구로 평양시안전국에서 밤 사이에 추방시켰다. 무력부장 김창봉, 총정치국장 허봉학, 총참모장 최광이 인민군 대장이라는 어마어마한 군사칭호를 가졌어도 같은 급의 대장으로 최현에게는 상대가 안 되는 것이다. 어디 감히 나서겠는가? 그의 앞에서는 어느 대장이라도 차렷 자세를 해야 하는 것이다. 지난 세월에는 누구도 그의 부하였으니까 말이다. 김정일은 최현의 그런 절대 위엄을 이용하고 있는 것이다. 최현 자신은 뒤에서 그런 일들이 벌어지고 있다는 것을 모르고 있었다.

어디로 갔는가? 명례현은 폐결핵 증상이 있다. 그 점이 염

려스러운 것이다. 그곳이 어디인지 지방에서는 식사도 강냉이밥이나 죽이다. 때로는 그런 식량도 제대로 공급되지 않는다. 끈질긴 병 치료의 고가 약을 어디서 구하겠는가? 2·8선수단의 정치부장이 무거운 표정으로 이한복, 공시학을 불러 어젯밤에 명례현이 지방으로 추방됐다면서 1급, 2급 팀을 지도하라고 했다.

이한복이 물었다.

"어디로 갔습니까?"

"모르겠소. 알려고 하지 마오."

신영규를 누구도 모르게 정치수용소로 끌어가거나 지방으로 추방시킬 수 있다는 생각은 하고 있었지만 명례현은 뜻밖이었다. 사상투쟁회의 긴장했던 기조토론에서 책임을 누구에게 넘기지 않고 자기에게 있다는 주장을 굽히지 않았던 것이 괘씸죄로 걸려든 것 같았다.

그러면 신영규는 어떻게 됐는가? 이한복은 그 자리에서 누가 듣거나 말거나 전화로 평양선수단의 이근학을 찾았다.

"영규 있어?"

"없어."

"명 감독 없어졌어."

"어디로?"

"몰라."

"영규는 어젯밤에 함경북도 생기령도자기공장으로 갔어."

"어떻게 알았어?"

"호송했던 책임안전원이 방금 도착해서 알려줬어."

"다행이네."

정치수용소가 아니라면 그것만이라도 근심이 덜어지는 것이다. 오늘 아침 책임안전원은 새벽 6시 30분에 도착하면서 철길을 따라 직선으로 4킬로미터 거리의 보통강변에 있는 평양시선수단을 찾아 아침시간에 조용히 이근학을 만나 이야기했던 것이다.

'누구도 믿지 마라'는 어머니 말씀

함경북도체육선수단의 축구감독 연승철이 왔다.

"이렇게 와도 됩니까?"

"지배인, 당비서도 만났어."

그는 1960년대 초반까지도 국가축구선수단에서 최전방 공격수로 이름을 날렸고 제8회 월드컵대회에는 지방에 있으면서도 국가축구선수단 공격 코치로 갔던 것이 함경북도에서는 자랑이었다. 돌아와서는 도당위원회의 요구로 월드컵대회에서 있었던 축구경기의 긴장했던 순간들을 순회강연으로 공장기업소들을 방문했던 것이다. 그런 인연으로 간부들은 물론 일반사람들도 그의 인격을 알고 있는 것이다.

"운반공으로 일한다지."

"예."

커다란 건조로에서 구운 도자기를 손으로 미는 밀차에 싣고 출하창고로 옮기는 일이다. 생기령에서 도자기 생산은 1930년대부터 시작되었다. 생산량도 많았고 질이 좋아 외국으로도 수출하고 있었다.

연승철은 이근학이 전화로 알려주었다면서 명례현은 인민군총정치국도 모르게 어디로 추방됐고 신영규도 평양시당위원회가 모르게 추방됐다는 것을 이야기하면서 몇 가지 주의사항을 말했다.

—추방된 자에게는 곁에 감시자가 항시적으로 있다는 것.

—일거일동에 대한 자료를 매일 작성보고 한다는 것.

—누구를 함부로 만나지 말라는 것.

—축구와 관련되는 일에는 절대 나서지 말라는 것.

사람들에게 불순한 사상을 선동하는 행위로 볼 수 있다는 것이다. 추방된 자를 찾아오거나 만나면 그가 누구든 가족과 함께 또 다른 곳으로 추방시키거나 정치수용소로 끌어가는 것이다. 이런 강제는 적대분자들과 그를 동조하는 세력을 일반사회로부터 철저히 고립시켜야 한다는 김정일의 계급정책의 혁명론이다. 김일성의 지시를 받고 있는 그의 개인교사는 중학교시절부터 중세시대의 이탈리아 '군주론'을 가르쳤다. 지금은 자기의 사회정치적 요구를 그에 준하고 있는 것이다.

연승철은 신영규를 정치수용소가 아니고 이런 평지대로 추방시켰다는 것은 그의 출신성분에 따른 적대세력에 대한 처리로 보기에는 어딘가 석연치 않았다. 김정일은 자기가 아니고 김성갑이 그를 데려다 사회 명사로 내세웠다는 눈꼴사나운 보복이 아닐까? 그렇게 생각해보면 그럴 이유가 충분하다. 1960년대에 들어서면서 김정일과 계모 김성애 사이가 극도로 나빠지고 있다는 것을 평양시 일군들에게는 물론 지방 일군들에게도 숨겨진 비밀이 아니었다.

김성애는 1962년 김일성의 생일 50돌을 준비하는 현장에서 이오송을 불러 소련 하바로프스키 훈련기지에서 김일성과 김정숙이 백양나무를 의지하고 나란히 찍은 사진을 일반에 공개하지 말고 박물관 진열실에서 걷어 문서로 보관하라고 했다. 현재 부인으로 자기가 있는데 그런 사진이 일반에 공개되는 것이 불쾌했던 모양이다. 이오송은 만주빨치산 출신이었고 인민군 중장으로 혁명박물관 관장이었다.

혁명박물관의 당위원회 비서 황순희는 이 사실을 즉시 김정일에게 전화로 이야기했다. 그 여인은 김정일 친모 김정숙과 만주빨치산 출신이었고 소련 하바로프스키 훈련기지의 전우였다. 대학생으로 김정일은 중학교에서부터 자기의 개인교사인 김태영에게 사진에 대한 계모의 행위를 이야기했다.

"그것은 어머님에 대한 배신이고 혁명사적에 대한 모독입니다. 묵과해서는 안 됩니다. 단칼에 잘라야 합니다."

그는 김정일의 측근 교사라는 이유로 차고 쌀쌀한 김성애로부터 극도의 미움을 받고 있었던 것이다.

종이에 글을 써주면서 말했다.

"사진을 더 크게 확대하고 이렇게 엄격히 추궁해야 합니다."

다음날 김정일은 현장에서 해당 일군들에게 사진을 대형으로 확대하라고 지시하고 이오송을 불렀다.

"동무의 혁명사령관은 누구요?"

20세 청년의 추상같은 호령에 고개를 들지 못했다. 아득한 옛날, 칼을 휘두르며 적진으로 달려가는 17세 청년 알렉산더 대왕의 위엄이었다. 며칠 후 동해지구 후방부사령관으로 전직되고 그런 위엄을 가르쳐준 김태영은 후일 당중앙위원회 과장, 부부장, 함경남도당위원회 책임비서, 당중앙위원회 부장으로 승진할 수 있었다. 이오송은 끝내 평양으로 돌아오지 못했다.

그런 일들을 생각해보면 계모의 동생 김성갑에 대한 김정일의 생각이 좋을 리 없는 것이다. 그가 지금은 평양시당위원회의 간부담당 조직비서로 권력이 막강하지만 흘러온 세월을 돌아보면 왕족사에서 계모의 운명은 어느 시대에서나 불우했고 필요하다면 비참했던 것이다.

"이번 추방이 김성갑에 대한 그 사람(김정일)의 보복이 아닐까?"

내가 그런 덫창에 걸렸는가? 영규는 자기가 처음부터 좋았거나 나빴거나 김성갑에 의해서 평양시 축구선수로, 국가축구선수단에서 주장으로 제8회 월드컵대회에서 8강이라는 성과는 자랑스러운 것이다. 자기로서는 생각할 수 없는 노동당에 입당하고 국가축구선수단 주장도 결국은 김일성의 승인이었지만 그 근저에는 김성갑의 추천이 있었다고 봐야 하는 것이고 그런 사실은 누구나 알고 있는 것이다.

삶의 시작은 아버지와 어머니의 품이었지만 그런 경지의 출발은 분명 김성갑이었다. 다만 인생의 줄을 어디에, 누구의 뒤에 서야 한다는 정치가들의 논리로 본다면 자기는 분명 줄을 잘못 섰던 것이다. 혹시……, 김정일의 눈에 먼저 들었더라면 지금의 이런 처지는 아니었을지도 모른다. 그렇다고 지금까지 그려진 자기의 어설픈 모습을 먹었던 음식을 토하듯 설설거리며 변명하고 싶지 않았다.

연승철이 돌아간 다음부터 곁에 누가 있는가, 살펴도 감이 잡히지 않았다. 어디로 나설 이유가 없으니 따로 만날 사람도 없다. 공장사람들은 선근하게 대해주었다. 그들도 그가 유명한 축구선수였다는 것을 알고 있는지 모르는지 그냥 노동자 차림의 수더분한 인상이 좋았던 것이다. 공장 내 간부들도 만나면 힘들지 않는가, 요구되는 것이 있으면 이야기하라고 스스럼없이 말해주니 마음이 편했다.

자기를 정치수용소가 아니고, 탄광이나 광산이 아니고 이런 평지의 공장으로 보냈고 현지에서 당생활을 하도록 허용하고 있는 것을 보면 철저히 청산해야 될 대상으로 지목한 것 같지 않았다. 아내의 출산이 하루하루 임박했다. 지방에서는 어떻게 해야겠는지 막연했다. 점심시간에 진료소로 갔다.

여의사는 말을 듣고 나무랐다.

"왜 이제 왔어요."

공장 사무실로 달려갔다. 지배인이 성급히 나오면서 말했다.

"그런 일은 벌써 이야기했어야지요."

아내는 몸이 무거워지면서 밖으로 나가지 않았고 찾아오는 사람도 별로 없으니 누구도 집안 사정을 모르고 있었다. 구급차나 승용차가 없으니 공장 마차를 타고 군병원으로 갔다. 지방에서는 그런 운송수단도 대단히 승격한 셈이다. 딸을 엄마 곁에 남겨두고 돌아오면서 생각을 짚어보았다.

어떤 아기가 태어날까? 태어나는 아기의 운명은 불행할 것이다. 이제는 아기를 낳지 않을 것이다. 아내와 어린 딸에게, 태어나는 아기에게 미안하고 부끄러웠다. 자기가 무슨 염치로 그랬을까.

저런 주제에 아기는 왜 낳는가? 누구인지 알 수 없지만 그렇게 말하는 것 같았다. 그렇다고 그들을 탓하고 싶지 않았다. 그런 질타가 살벌한 정치독재의 세상에서는 타당한 논리일지도 모른다. 자기가 지금까지 정치수용소로 끌려가지 않은 것만도 태어나는 아기에게는 다행일 것이다.

뜻밖에 어머니가 오셨다. 생각지 못했던 일이다. 열차에서 이틀 밤을 꼬박 지새우면서 오셔야 하는 멀고 피곤한 길이다. 누구에게 편지하면 안 될 것 같아 묵묵히 있었던 것이다. 한봉진이 신천으로 찾아와 조용히 알려주었다는 것이다. 친구들이 이렇게 나서면 안 되는 것이다. 이런 일들이 한 입 두 입 건너면 덧창으로 이어질 수 있는 것이다. 아기는 사내였다. 아내는 병원에서 퇴원하는 날 시어머니의 손을 잡고 공장에서 보내준 마차를 타고 돌아왔다.

"미안해."

아내는 눈물로 말했다.

"괜찮아요. 마음 쓰지 마세요."

어머니는 이곳에 남겠다고 했다.

"어머니, 그러시면 안 됩니다."

이렇게 있다가도 누구도 모르게 밤중에 정치수용소로 끌려갈 수 있는 것이다. 시간에 따라 뒤집는 것이 정치독재의 권력이다. 그 이면에 숨겨진 악의 강제를 누가 막겠는가?

"고향으로 가셔야 합니다."

누이동생은 남편을 만나 괜찮게 살고 있다. 그 일도 어떻게 될지 알 수 없는 것이다. 동생도 따지고 보면 지주의 자식이고 아버지와 오빠가 남쪽으로 도주한 적대계급인 것이다. 혹시 지주의 마누라인 어머니 때문에 북쪽 산골로 추방시키겠는지 모르겠지만 늙은 노모를 정치수용소로는 끌어가지 않으리라고 믿고 싶었다.

아들의 마음을 알았는지 조용히 불렀다.

"영규아, 아버지는 떠나면서 이런 말을 했다. 공산주의자들을 만나보니 그들의 적색혁명은 잔악한 집단이라고 했다. 누구도 믿지 마라."

김일성은 연설이나 문헌에서 '인민성'을 우선시 한다. 김정일은 말을 흘리는 버릇이 있어 공식적으로 긴 연설을 못하지만 회의를 지도하거나 대화에서 '인민성'을 강조한다. 그러나 정책의 흐름을 보면 그들이 말하는 '인민성'은 근로대중을 현혹시키기 위한 만민평등이라는 공산주의 유령에 가려진 정치적 구호일 뿐이다.

어머니는 손녀의 손을 잡고 주을로 내려가 평양행 열차에 오르기 전에 며느리 손을 잡고 "네가 고생이 많다"고 하면서 이번 길이 마지막 같다면서 많이 우셨다. 온 나라가 드르르 했던 아들이 이렇게 북방 멀리 추방되리라고 생각하지 못했던 것이다. 제8회 월드컵대회가 진행되는 나날에 마을에서는 물론 전국이 들썩거렸다. 그 중에서 국가축구선수단 주장이라는 명함은 누구나 가질 수 있는 것이 아니었다.

"영규야, 네가 자랑스럽다."

남편이 설립한 농촌사립학교 교사였던 어머니는 어둠속을 달리는 열차의 창밖으로 아들의 모습을 그려보며 마음속 사연을 남기고 있었다. 정시로 달리면 내일 새벽 6시 20분께 평양역에 도착할 것이다. 다시 사리원행 열차를 타고 남쪽으로 떠나 도착하면 또다시 신천행 열차를 타고 서쪽으로 떠나야 하는 타향의 서글픈 먼 길이었다.

PART 4

청소년축구선수단
감독으로 평양 복귀

김일성종합대학 축구감독으로 복귀한 명례현

국가축구선수단 감독 명례현과 주장 신영규가 지방으로 추방되면서 출신성분에 따르는 정치적 차별은 결국 이런 것이라는 좌절감이 체육계 전반의 불안으로 이어졌다. 그 원인을 전문가들과 관련자들은 그들에 대한 사회의 반응이 알게 모르게 심각하다고 생각하는 것이다. 특히 조국을 위한 신영규의 헌식적인 노력에 대한 권력자의 배신감은 충격이었다. 소문은 전국으로 확산되었다.

아이들이 수근거렸다.

"신영규 추방됐어!"

중년들의 탄식은 더 했다.

"이제는 우리나라 축구도 볼장을 다 본 거지."

'백전백승한다'는 김일성의 허상이나 '만능의 천재'라는 김정일의 망상을 두고 그런 생각은 지방으로 추방되거나 정치수용소 대상이고 어쩌면 처형이겠지만 채육계 침체는 부인할 수 없는 현실이었다. 김정일은 체육인들에게 전격전, 투지전, 속도전, 기술전으로 무장하면 못해낼 것이 없다고 하면서 그것은 자기의 주체철학의 전법이라고 했다. 전투는 어떤 경우에도 상대적이다. 우르르 모여 두 손을 들고 만세삼창을 부른다고 되는 일이 아니다. 전략적 준비에 의한 전술적 요구로 정신력의 질적인 투합이 없이는 허망하게 무너질 수밖에 없는 것이다.

김정일은 출신성분에 대한 계급정책의 정의를 주려고 본인이 충실하면 차별하지 않는다는 의미로 아버지와 형님들이 남쪽으로 도주한 박두익을 국가축구선수단 감독으로 임명하도록 했고 아버지와 형님이 남쪽으로 도주한 박승진은 국가축구선수단 코치 겸 주장으로 임명하도록 했어도 선수단 분위기는 여전히 가라앉아 있었다.

제8회 월드컵대회에 신진선수로 참가하여 이름을 날렸던 하정원, 양성국, 이동원, 박리섭들도 본래의 모습이 아니었다. 현장에서 그들을 지도하는 박승진도 방법이 없었다. 박두익은 선수들의 전술지도를 그에게 의존하고 있었다. 박승진은 그를 내려다보는 것이다. 나이는 3년 연상이라도 실력 차이가 있었던 것이라 그런 심리를 무시하지 못했고 신영규를 물고 늘어졌다는 견제감이 은근히 있는 것이다.

박두익은 그런 기분을 느끼면서도 어쩔 수 없는 것이다. 그는 순진한 편이고 박승진은 걸치는 편이다. 그러니 선수들에 대한 장악은 박승진이 하는 것이다. 그런 이유로 박승진을 코치로 추천했던 것이다. 그는 정치권력의 신임을 받는 감독일 뿐이다. 그렇게 임명된 감독의 지시를 무시하거나 반박하면 김정일의 위상을 부정하는 것으로 추방되거나 정치수용소로 끌려간다.

"지도자동지의 신임을 받는 감독이 싫어?"

이런 독촉을 받으면 끝장이다. 그런 살벌한 분위기에 행동들이 조심스러워지면 선수들의 집단생활은 서로 눈치를 보면서 침체될 수밖에 없다. 국제배구대회에 참가했던 여자배구 선수단은 전패를 당했다. 북한의 여자배구는 국제적으로 상당한 수준이었다. 2·8여자배구선수단의 주장 강영희, 기관차 여자배구선수단의 주장 김길순은 독보적인 선수들이었다. 국제배구대회에서도 좋은 성적들이 있었고 아시아에서는 강자였다.

김일성은 그들을 영접실로 가까이 불러 여러 차례 격려했었다. 그랬던 여자배구선수단이 떠날 때는 4강 이상은 할 수 있다고 기다렸으나 들려오는 소식은 전패였다. 자기의 격노를 숨기지 못하는 김정일은 여자배구선수단이 돌아온 직후 사상투쟁을 걸어 감독을 지방으로 추방시키고 국가여자배구선수단을 해산시켜버렸다. 그 후 여자배구는 아시아에서조차 존재를 알 수 없이 추락한 것이다.

여자배구선수단이 전패를 당하고 돌아왔다는 보고를 받은 김일성은 체육계 전반이 침체되면서 지난 날의 기상이 살아나지 못한다는 실태를 요해하고 제8회 월드컵대회에서 국가축구선수단을 지도했던 감독과 주장이 지방으로 추방되었다는 사실을 알게 되었다. 그 감독과 그 주장을 내가 알고 있다고, 그들은 인도네시아의 가네포 결승 경기에서 아프리카 최고 선수들인 애급(이집트)과 어려운 조건(35도 폭염)에서 잘 싸웠다고, 캄보디아에서는 유럽체육생활에 적응된 호주를 대파하고 그 기세로 월드컵대회에서 우리나라 위상을 세계에 떨친 자랑스러운 사람들이라고 감회 깊이 회고하였다.

2·8선수단에서는 김일성의 교시敎示를 전달받고 즉시 명

례현을 데려올 것을 무력부에 건의했다. 무력부장 김창봉, 총정치국장 허봉학을 철직시켜 요덕정치수용소에 몰아넣고 총참모장 최광은 지난 날의 공로를 봐서 황해남도 연안군 자동차사업소 지배인으로 내려보냈다. 2톤 트럭 11대 중 부품이 없어 6대는 폐차 직전으로 박혀 있고 휘발유가 없어 5대 중 1대만 가동되고 나머지 4대는 목탄차로 개조해 1톤 정도 짐을 싣고 다니는 것이다.

무력부장에는 1930년대 만주빨치산의 전설로 알려진 최현이 자리를 틀고 앉았다. 총정치국장 겸 총참모장은 북만주빨치산 출신이며 해방 후에는 평양시 보안서장으로, 1950년 6월 25일 전쟁에서는 사단장, 전후에는 군단장, 무력부의 부부장으로 순서를 밟으면서 올라온 오진우였다.

최현은 나가자 품이고 오진우는 기다리는 품이다. 그는 설렁거리지 않는다. 같은 급의 대장이라도 최현 앞에서는 부동이었고 전화로 찾거나 받을 때도 "연대장 동지!"로 불렀다. 만주빨치산시절 연대장이었다는 세월의 존경이었다. 최현은 지난 날의 후배 동료들이 그렇게 불러주는 것을 좋아했다. 오진우는 북만주빨치산부대에서 소대장이었다. 그 시절 최현은 오진우가 누구인지도 몰랐다. 그러니 연대장과 소대장이라는 그때의 위엄을 깍듯이 받들어주는 것이다.

최현은 2·8선수단의 제의를 받고 서기에게 물었다.

"명례현이 누구냐?"

"2·8선수단의 축구감독으로 국가선수단을 인솔하고 제8회 월드컵대회에서 칠레를 몰아치고 이탈라이를 격파한 감독입니다."

"그런 일이 있었지. 그런데 왜 추방시켰어?"

"총화회의에서 문제가 있었던 것 같습니다."

김정일의 지시였다고 말할 수 없는 것이다.

"그렇다고 쫓아내면 그만한 사람이 있어?"

잠시 추억을 더듬으며 말했다.

"내가 빨치산을 하면서 소대장, 중대장들이 싸움을 제대로 못한다고 욱질러도 전투에서 그놈들이 죽고 다른 놈들을 그 자리에 앉히면 더 못했어. 사람은 아껴야지 함부로 버리면 못써. 옷은 새 것이 좋아도 사람은 때 묻은 놈이 좋아."

1950년 6월 25일 전쟁에서 북한 탱크사단장이었고 전후에는 군단장이었던 류경수도 최현의 빨치산부대에서 목총을 들고 보초를 서면서 기관총수, 분대장, 소대장, 중대장으로 자란 전투력이 강한 지휘관이었다.

탕!

"데려와!"

"예."

서기는 군사편제로 대좌였다. 그의 권한도 만만한 위치가 아니다. 명례현은 최현의 한마디로 2·8선수단의 구급차에 실려 평양으로 올라왔지만 지방생활에 폐결핵이 심해져 겨우 일어서는 정도였다.

그런 정황을 보고받은 최현이 물었다.

"체육도 유라(김정일 본명)가 본다지?"

"지금은 지도자로 모십니다."

"그래, 이야기해, 그래야 좋은 약을 받아. 그런 병은 녹용을 몇 번 쓰면 금방 추서거든. 그렇게 해."

"알겠습니다."

최현은 그런 진상품들이 김일성이나 김정일에게 쌓여 있다는 것을 알고 있는 것이다. 명례현의 신상을 보고받은 김정일은 고급 체육복을 선물로 보내주면서 육체적 부담이 많은 2·8선수단에서 거친 축구선수들을 지도하기는 무리라고, 김일성종합대학 축구감독으로 후배들을 양성하면서 우선은 김일성종합대학병원에 입원하도록 했다. 치료 설비가 좋고 대동강변이 바라보이는 풍치가 수려한 곳이다.

병원장이 뚱뚱한 사람과 같이 들어왔다. 뒤로 간호사가 연분홍 보자기에 쌓인 지함을 두 손으로 정중히 들었다.

병원장이 말했다.

"당중앙위원회에서 오신 분입니다."

그는 김정일의 책임서기 이명제였다. 조용한 성품으로 말을 길게 하지 않는다. 듣고 대답할 뿐이다. 변덕이 격한 김정일의 밑에서 수년간 그렇게 체질화 된 사람이다. 명례현이 자리에서 일어서자 그는 간호사가 들고 있는 지함을 두 손으로 받아들고 말했다.

"친애하는 지도자 김정일 동지께서 보내주신 선물입니다."

김정일에게 연분홍 보자기는 친모(김정숙)가 진달래꽃을 좋아했다는 남다른 의미가 있는 것이다. 녹용과 산삼이다.

"친애하는 지도자동지!"

허약해진 남편을 곁에서 지켜보던 아내도 흐느껴 울었다. 의사들이 후들거리는 그를 곁들어주자 두 손으로 받으며 말했다.

"이렇게 불러준 것도 잊지 못할 은덕이신데……."

침상에 무너져 흐느껴 울었다. 감격의 눈물보다 지방의 어려운 생활로 몸까지 망가진 서러움에 더 흐느꼈는지도 모른다. 김정일은 이런 격한 눈물을 감지하고 있는 것이다. 냉정하게 밀어버리고 허기에 지쳐 거불거릴 때 다시 끌어들이면 더 극적인 충성으로 이어진다는 것을 자기의 능란한 정치적 술수로 자부하고 있는 것이다.

옛 어른들이 후손들에게 무엇을 가르쳤던가?! 악의적인 인간은 자기의 권력으로 '병 주고 약 준다'고 했다. 정치독재의 사악한 인간도 때로는 이렇게 너그럽고 인자한 것이다. 김정일이 보내주는 진상품들은 충성의 선물이라고 끌어들이는 의무화된 강제의 금품들이다. 그 나날에 인민들의 고달픈 삶은 얼마나 서러운 피와 땀으로 산과 들을 적셨겠는가?! 그래도 만수무강을 불러야 하는 이런 선심을 은덕이라고 한다면 우리가 사는 허기진 세상은 너무도 부끄러운 것이다.

이한복이 조용히 들어와 곁에 앉으며 말했다.

"영규 소식은 아직 없습니다."

"그렇겠지."

누구에게 물어볼 수 없는 심정이었다.

평양으로 복귀한 월드컵 대표팀 주장 신영규

열차는 평양역으로 들어서고 있었다. 어제 19시 35분께 함경북도 주을역을 떠난 열차는 오늘 아침 6시 20분, 도착시간을 지나 40분께 1번 플랫폼으로 들어섰다. 3년 만에 돌아오는 길이다. 침구를 정리하고 사람들이 내린 후에 출장을 다녀오는 듯 빈손으로 내렸다.

"영규!"

어디 있었는지 이근학, 한봉진이 다가서며 불렀다. 조용히 오기로 했는데……, 아직은 측근들만 알고 있는 도착이지만 생사를 함께했던 친구들의 심정이 왜 설레지 않겠는가! 평양시체육선수단에서는 김일성의 교시敎示를 전달받고도 김정일의 지시가 없으니 함부로 나설 수 없었다. 또 무슨 덧창이 떨어질지 알 수 없는 것이다. 2·8선수단에서는 무력부장 최현의 한마디로 명례현을 데려왔다면 우리도 움직여야 하지 않겠는가? 그러나 최현과 자기들과의 존재는 차원이 다른 것이다. 평양시당위원회 조직비서 김성갑은 체육선수단 부단장 강능조의 요구에 대답을 못했다.

"수령님께서 하신 말씀입니다. 교시가 아닙니까?"

요즘 김정일의 움직임이 심상치 않다. 영화 〈한 지대장의 이야기〉 〈꽃 파는 처녀〉 〈한 자위단원의 운명〉 〈피바다〉 〈한 간호원의 이야기〉를 만들고 오페라 무대까지 장악하면서 자기의 탁월한 지도에 의한 명작들이라고 요란하게 떠들고 있는 것이다.

그가 떠들고 있는 작품들은 작가 이종순, 백인준, 석윤기, 이춘구, 연출가 오병초, 천상인, 박학, 최익규들이 만든 것들이지만 성과는 그의 것으로 되는 것이다. 그 이유를 조금이라도 부정한다면 정치수용소로 끌려가거나 누구도 모르게 처형당해야 했다. 김정일의 생활에서 정치수용소는 자기 사업의 조건이고 성과를 만들어 내기 위한 근본이었다.

김일성은 김창봉, 허봉학, 최광을 비롯한 군단 사령관들이었던 최민철, 김양춘 등 군부세력을 숙청한 이유를 군벌주의

와 좌경적 태도라고 했지만 사실은 무력부 산하의 2·8영화촬영소와 인민군협주단에 대한 김정일의 분별없는 간섭을 무력부가 차단했기 때문이었다. 자기의 정치권력을 가문의 전통으로 이으려는 김일성의 집념은 어제의 전우라는 혁명동지에 대한 의리도 정치적인 조건을 만들어 쳐버리는 철저한 본의주의자였다.

김정일은 그때부터 예술 부문의 회의를 지도하면서 당을 대표한다는 의미로 "당중앙에서는……"이라는 표현을 공식적으로 쓰기 시작하였다. 앞으로 모든 부문을 장악하겠다는 정치권력에 대한 야심을 드러내고 있었던 것이다. 그런 의미에서 김성갑은 자기가 김일성의 처남이라고 하지만 아들만 하겠는가, 김정일은 김성애가 김일성 후처이기는 해도 현재의 영부인令夫人이지만 자기 가문의 혁명일가에는 포함시킬 수 없다고 잘라 말했던 것이다. 그렇다면 누나(김성애)는 후궁, 첩이란 말인가? 나는……? 김정일이 덜컥 죽어버리지 않는다면 어쩔 수 없는 것이다.

신영규를 추방시킬 때도 평양시당위원회 조직비서인 자기는 아무것도 모르 고 있었다. 지금은 수령님의 교시라는 명분이 있지만 그렇다고 함부로 나설 수 있는 일이 아니다.

당중앙위원회정치국 성원이며 평양시당위원회 책임비서 강성산에게 건의하기로 했다. 그는 김일성이 키우는 중앙일군들 중의 한 사람이다. 군사일군으로 오극열, 행정일군으로 연현묵, 당일군으로 강성산을 그 시절부터 키우고 있는 것이다.

그들은 김일성이 빨치산투쟁을 할 때 전우들이 남기고 간 아이들이다. 강성산은 만경대혁명학원에서 김일성의 전위全委로 자랐다. 그는 36세에 양강도당위원회 책임비서였고 39세에 평양시당위원회 책임비서로 올랐다. 북한의 정치체제에서 아무리 날고뛰는 존재라도 절대적인 신임이 없이는 불가능한 일이다. 신체가 훤칠하고 겸허한 성품이면서도 사업에서는 단호하게 처리하는 강단이 있다. 그는 김일성의 생각을 받들고 실천하는 것을 자기 생활의 준칙으로 철저하다. 현장을 지도하면서도 자기의 사적인 말은 하지 않는다. "이 문제는 수령님께서 아시는 일입니다." 정치적으로, 행정적으로 체질화된 사람이었다.

강성산은 신영규 문제를 김일성의 교시 집행이라는 이유로 자기의 직무서기를 함경북도당위원회 책임비서 현무광에게 보냈다. 그는 일제치하의 군수공장(현재 평양시평천구역 전기공장)에서 일하면서 1945년 8월 15일 나라가 해방되고 소련

군이 점령군으로 파괴하거나 가져가려는 무기 생산설비들을 숨기거나 이런저런 조건으로 지켰다.

1950년 6월 25일 전쟁이 일어나면서 군수생산 직장장으로 일했다. 후퇴가 시작되자 김일성의 지시로 기계들을 분해하여 노동자들에게 등짐을 지우고 자기도 등에 지고 목도鶩島로 운반하면서 평안남도 성천군의 험준한 골짜기 지하갱도에서 풀무질을 하면서 기관단총과 수류탄을 만들었다. 당시 그 지대는 미군과 국군들이 점령한 후방이었다. 후퇴해서 돌아와서는 군수공장 지배인이었고 전후에는 기계공업의 부상, 상으로 지금은 함경북도당위원회의 사업을 책임지고 있는 것이다.

김일성은 중공업이 집중되어 있는 함경북도와 함경남도는 현무강 동무가 있어야 마음이 놓인다고 할 만큼 그에 대한 믿음이 크고 술과 담배를 하지 않는 체대가 큰 노동자의 수수한 모습이다. "그런 문제는 현무광 동무에게 물어보시오" 하는 정도의 인정을 받는 실무자로 김일성의 생각을 무조건 집행해야 된다는 집념이 투철하다.

강성산은 전화 음성이 도청되는 것을 우려해 직접 전달하려고 다른 사람이 아닌 직무서기를 열차로 보냈던 것이다. 국가 기밀사업은 아니라도 신중하게 처리해야 하는 것이다. 도청 내용은 김정일에게 직보되는 것이다. 현무광도 자기의 직무서기를 생기령도자기공장으로 보냈다. 신영규가 다시 평양으로 돌아간다면 공장에서는 물론 주변에서 사람들이 우르르 모여들 수 있는 것이다. 털어놓고 말할 수 없는 것이지 이곳에 유명한 축구선수가 있다는 것은 누구나 알고 있는 것이다.

지배인과 당비서는 도당위원회 책임비서의 구두지시를 받고 가족과 짐들은 뒤로 보내기로 하고 본인만 먼저 떠나기로 했다. 당비서는 주을역으로 내려가 도당위원회 책임비서의 명의로 열차표와 침대표를 받았다. 신영규는 칫솔과 손수건만 주머니에 넣고 잠시 다녀오는 듯 빈 몸으로 집을 나섰다. 김일성의 신임을 받는 강성산이나 현무광도 김정일의 분별없는 변덕을 알기에 조용히 움직였던 것이다.

신영규의 평양시 거주 절차는 형식상 시행정위원장 강희원이 승인하는 것이다. 그는 김일성의 이모 사위다. 김정일의 말대로 혁명일가는 아니지만 그 집의 줄기는 되는 것이다. 수력발전소의 오랜 기능공 출신이다. 성실한 일군으로 김일성의 신임을 받는다.

강희원은 김일성의 책임서기 정하철에게 이야기했다. 김

일성은 신영규가 평양시체육선수단으로 돌아왔다는 보고를 받고 고생이 많았겠는데 잘 돌봐주라는 심려의 말도 했다. 이 정도면 좋으나 나쁘나 누가 막겠는가? 까다롭고 복잡한 일은 조심스러운 마음으로 순조롭게 끝났다. 그러고 보면 중앙의 책임일군들도 내심으로는 북한축구를 국제사회에 떨친 신영규 추방을 잘못된 처사로 생각하고 있었던 것이다.

다음날 저녁에 김정일의 각별한 지시가 내려왔다. 현지에서 노동생활을 잘했다고, 그것이 혁명화의 실천이라고, 우리당은 자기의 전사를 잊지 않는다고, 좋은 집을 마련해주라고 했다. 평양시체육선수단은 공식적인 선언으로 김일성, 김정일의 만세삼창을 높이 불렀다.

"우리당은 자기의 전사를 잊지 않는다"는 말이 또 다른 유혹은 아닐까? 누구도 예측할 수없는 불안한 내일의 홍정일수도 있는 것이다. 신영규가 돌아왔다는 소문은 바람처럼 흘렀다. 사람들이 찾아왔고 안산지구의 아이들은 아침저녁으로 설렁거렸다.

박두익은 같은 선수단에 있으니 만나는 것이고 이찬명은 찾아와 "신 동지!" 부르면서도 말을 잊지 못했다. 어깨를 푹 감싸줘도 얼굴을 들지 못했다. 동료들은 신영규가 도착한 오전시간을 기점으로 찾아왔다. 기관차의 김봉환, 압록강의 박승진, 2·8의 이한복과 공시학과 오윤경의 만남은 사나이들의 격한 눈물이었다. 강봉칠, 김승일, 림중선, 임성휘도 눈앞이 어려 웃으면서도 얼굴을 들지 못했다.

20대 중반을 넘어서는 하정원, 양성국, 이동원, 박리섭들은 품에 안기듯 "신 동지!" 부르며 손을 싸잡고는 찾아뵙지 못해 미안하다고 울었다. 찾아가서도 안 되는 보이지 않는 정치의 사선을 어떻게 넘겠는가?! 소련과 첫 경기에서 무차별 태클에 강봉칠이 들것에 실려나가고 하정원이 쓰러지고 다시 박리섭이 쓰러지자 내가 막지 못해 미안하다고 안타까워했던 것이다. 그들은 제8회 월드컵대회의 신진선수들로 주장의 남다른 관심을 받았던 것이다. 경기 중에 동작이 좋았거나 볼을 잘 처리하면 먼 거리에서도 주먹을 힘있게 들어보이며 격려해주었다.

포르투갈 경기에서 박승진에 이어 이동원이 두 번째 골을 넣자 달려가 품에 안아주며 "동원이! 잘했어. 지금 네가 조국의 자랑이야"라고 격려해주었고 양성국이 세 번째 골을 넣자 달려가 품에 안아주며 "성국이! 이 순간이 조국의 영광이야" 하면서 그의 갸름한 얼굴을 두 손으로 뜨겁게 싸주었다. 그들의 골을 도와준 박두익의 손을 잡아주며 "두익이! 잘했어!" 그런 절절한 순간들이 고달프고 서러운 세월을 넘어 눈물로 이어지고 있는 것이다.

묵직한 오윤경이 한마디 했다.

"이렇게 좋은 날 왜 울어."

그러면서도 고개를 절레절레 흔들며 손으로 눈을 더듬었다. 걸출한 축구의 명수로 인도네시아에서, 소련에서, 영국 등 세계만방에서 조국의 영광을 떨친 신영규의 운명이 너무도 불우하고 슬픈 사연이 사나이들의 눈물을 더 거칠게 흐르게 하는지도 모른다.

감독으로 출전한 해외 청소년축구 평가전

신영규는 평양시체육선수단에서 18세 이하 청소년축구선수들의 훈련을 지도하면서 국가대표선수로 키우겠다고 했다. 1급 선수들은 강능조가 선수단 부단장으로 승진되면서 박두익이 지도하고 있었다. 외국선수들과 경기가 있을 때는 각 팀에서 선수들을 선발하여 훈련을 지도하지만 그런 경기는 1년에 한두 번 있는가 하는 정도다. 그러니 현직으로 평양시축구선수단의 1급 선수들을 지도하는 것이다.

평양시체육선수단 축구훈련장은 두 개의 지역으로 나뉘어 있다. 1급과 2급 선수들은 〈가 훈련장〉에서, 그 이하 선수들은 〈나 훈련장〉에서 한다. 〈가 훈련장〉은 평천구역 안산동의 보통강 기슭에 있고 〈나 훈련장〉은 철길둑을 사이에 두고 보통강구역 신지동의 보통강 기슭에 있다. 두 경기장 사이는 평양역에서 북쪽 방향으로 향하는 열차들이 달리는 보통강 철길다리 아래 강변로를 따라 100미터 정도의 거리에 있다.

한봉진은 2급 선수들을 지도하지만 직무상으로는 평양시 체육선수단의 축구부장이다. 선수들의 훈련과정을 포괄적으로 조직하고 지도하는 고문인 셈이다. 박두익은 신영규가 돌아온 후에는 많이 위축된 모습이었다. 축구선수로는 순진한 편이여서 누가 보기에도 그랬다.

신영규는 청소년축구선수들을 지도하면서 무슨 일로 그들 중 누구를 보낼 수 있어도 〈가 훈련장〉으로 찾아가 이야기하면서 의자에 나란히 앉아 웃기도 하지만 자기에 대한 서먹한 기분은 좀처럼 덜지 못했다. 이근학이 곁에 있고 사담私談을 좋아하는 한봉진이 있으면 이야기가 즐거운 분위기로 한결 자연스러워진다.

그런데 문제는 〈나 훈련장〉 곁으로 평양역에서 북쪽 방향 직선도로가 개설되면서 그 주변에 아파트들이 즐비하게 들어선 것이다. 신영규가 돌아왔다는 소문이 사람들의 눈과 입을 통해 전국으로 퍼졌다. 북쪽에서 내려오거나 올라가거나 달리는 열차에서 시내 쪽 〈나 훈련장〉에 축구선수들이 있으면 보이거나 말거나 손을 흔들며 무언의 인사를 보낸다. 순간적으로 달리는 열차에서 어디에 있는지 알아볼 수도 없겠지만 그곳에 선수들이 있다는 것만으로도 저기에는 신영규가 있을 것이라는 생각으로 '왔구나!' 하는 마음들이 후련해지는 모양이다.

오후 시간에는 주변의 아파트 사람들도 오고 보통강 기슭을 거니는 사람들도 〈나 훈련장〉을 찾는다. 아이들은 너도나도 몰려와서는 먼저 알아본 아이가 소리 지른다. "저기, 저기 있잖아." 그리고는 껑충거리며 모여든다. 그들이 보내는 인사를 마음속으로 받으면서도 '이러면 안 되는데……' 하며 조심스레 생각이 깊어진다.

골키퍼 후보들을 지도하는 이근학은 신체가 좋고 기술동작이 괜찮은 신진선수를 불러 찾아오는 사람들에게 조용히 이야기하도록 했다.

"안녕하십니까?"

가까이 다가서며 말했다.

"여러분들이 이렇게 찾아오시는 마음을 알고 있습니다. 우리는 어디서나 수령님과 지도자동지만을 받들어야 합니다. 이렇게 모이면 안 됩니다. 부탁입니다."

아릿한 사춘기 청년의 의미심장한 당부는 사람들의 마음을 숙연하게 했다. 인사를 당부하는 청년의 숙연한 눈에도 물기에 젖는다. 그들은 고개를 끄덕이며 고맙다는 인사로 손을 가볍게 들어보이고 돌아서면서도 멀리는 가지 않는다.

"미안합니다."

그리고 아이들을 둘러보며 말했다.

"너희들이 이렇게 찾아오면 우리가 좋아하지 않아."

눈이 감실감실한 아이가 물었다.

"왜 그럽니까?"

"우리는 어디서나 마음속으로 수령님과 지도자동지만을 모셔야 하거든. 너희들이 이렇게 우르르 모이면 우리가 비판을 받아, 알았지?"

아이들은 학교에서 그렇게 배우니 어린 마음에도 이해가 되는지 저희들대로 허전하게 대답했다.

"예—."

최근에 당중앙위원회 선동선전부를 통하여 자기의 위상을 적극 강요하고 있는 김정일이 이렇게 모여드는 사람들의 반응을 알게 된다면 또다시 어떤 철퇴로 뒤집어질지 모른다는 당부였다. 신영규는 훈련장으로 가고 오면서 검은 색안경을 끼거나 마스크로 얼굴을 가려도 멀리서 알아보고 손을 흔들며 인사를 보낸다. 그런 마음들이 고마워 손을 들고 마주 흔들어주면 자기가 마치 수령首領인 양 답례 행세를 했다고 김일성과 김정일의 영도체제를 흔드는 반체제분자로 더 엄한 처벌받을 수도 있는 것이다.

돌아왔다는 설레는 마음으로 한해가 지나고 다음해 여름 평양시체육선수단의 18세 청소년축구 감독으로 해외 원정경기를 떠났다. 그쪽에서 초청한 평가전이었다. 출발 명단에는 박덕수, 가명으로 여권을 받았다. 제8회 월드컵대회에서 남미의 강팀 칠레를 몰아치고 유럽의 최고선수들인 이탈리아를 격파한 북한축구선수단 주장으로 신영규가 최우수선수로 명성을 날렸다는 것을 체육전문가들이 알기는 해도 실제 모습을 본 기억이 없으니 누가 찾지 않을 것으로 생각했다.

그쪽에도 체육전문가들이 있는 것이다. 몇몇 사람들이 신영규를 알아보고 접근하면서 좌담회 형식의 모임을 조직하려고 했다. 신변상 이유로 양해를 부탁했다. 개별적인 만남도 정중히 사양했다. 그들도 북한의 살벌한 정치체제를 어느 정도는 알고 있으니 서로 손을 잡는 정도로 인사를 나눴다. 어떤 인사는 통역사에게 신영규가 지방으로 추방됐다 돌아왔다는 소문이 있는데 사실인가, 묻기도 했다.

놀란 듯 대답했다.

"아니, 그런 일이 없습니다."

'발 없는 말이 천 리 간다'는 속담은 빈 소리가 아니다. 북한에서도 그런 말을 흘려서는 안 되는 것이다. 그런데 어떻게 국경을 넘어 멀리 다른 나라에까지 이야기로 전해지고 있는가? 사회의 여론은 정의든 아니든 세상 밖으로 흐르는 것이다.

한봉진은 떠나올 때 인솔자를 주의하라고 했다. 선수단 내에서 운동기구를 관리하면서 선수들의 안마운동을 지도하는 치료사다. 배구, 농구, 탁구 선수단이 해외로 원정을 떠나면 그가 따라다닌다. 이번 원정은 행정실무자로, 임시 당조직도 책임지고 떠났다.

그는 첩자로 청소년축구선수들 중 누구를 이용하고 있을지 모른다. 그래야 출발성원들의 일거일동을 감시할 수 있는 것이다. 어린 선수를 불러 당의 신임을 준다는 의미로 끌어들이면서 과업을 주고 그런 행위가 불충분하거나 그런 첩자 노릇을 할 수 없다고 반발하면 선수단에서 내보내거나 그의 부모와 함께 당의 의도를 받아들이지 않는 반당분자라면서 지방으로 추방시켜버리는 경우도 있다.

신영규는 누가 자기를 살피는지 생각하지 않는다. 의심스러운 행동을 하지 말아야지, 그러면 서로가 좋을 것이다. 박두익이나 이찬명도 어쩔 수 없는 일이었지만 지금도 자기를 어려워했다. 원정경기는 3승 1무로 전승은 아니지만 청소년축구선수들에게 해외원정이라는 소득이 있는 경기들이었다. 같은 연령대의 경기는 첫 상대 지역 선수들과 3 대 0, 다음 지역 선수들과 4 대 1, 마지막 지역 선수들과 2 대 0으로 괜찮은 성적이었다.

초청자들은 자기들의 각 지역을 대표하는 3개 선수단이 패하였으니 심사가 상했는지 20세 선수들과 경기를 요구하였다. 그런 일은 예견하지 못했던 것이다. 그렇다고 돌아선다는 것도 인사가 아니었다.

경기를 앞두고 그들의 면면을 살펴보니 22세, 23세, 24세의 국가선수도 있었다. 수비에 한 명, 미드필더에 한 명, 공격에 한 명이다. 세력을 균등하면서 전방을 압박하려는 것 같았다. 평균나이가 2년 이상 혹은 4년, 5년 이상인 성인을 상대로 하는 어려운 경기가 될 것이다.

청소년축구선수들에게 나이가 어리다고 물러서겠는가. 이런 경기도 훈련의 한 과정으로 각오해야 한다는 의지를 강조하고 전반전은 3—5—2의 전술로 공격과 방어를 병행하면서 먼저 한 골을 넣었다. 후반전은 그들이 총공세로 나올 것과 어린 선수들의 체력을 안배하려고 4—4—2의 전술로 나섰다.

성인선수들이 18세 청소년선수들에게 패한다는 것은 있을 수 없는 굴욕이다. 후반 경기는 시간이 흐르면서 한 골을 내주었다. 1 대 1로 무승부였다. 청소년축구선수들이 고개를 들지 못했다. 조금만 잘했으면 이겼을 것이라는 마음이 무거운 것 같았다. 그런 기회가 몇 번 있었으나 체력에 밀리면서 끝내 살리지 못했던 것이다.

신영규는 웃으며 말했다.

"잘했어. 저 어른들이 얼마나 쩔쩔 맸어. 잘했어."

그러면서도 다짐을 주었다.

"앞으로는 더 힘들게, 더 강인한 훈련으로 자신을 단련해야지. 축구는 실력이거든. 그런 실력은 누가 가져다주지 않아. 내가, 자기가 실천적으로 만들어야 조국을 대표하는 축구선수가 될 수 있어. 자기의 피나는 노력이 없으면 성공할 수 없어."

그리고 물었다.

"박승진 선수 알지?"

"예."

제8회 월드컵대회에서 최전방 공격수로 세계에 이름을 떨쳤고 지금은 공훈체육인으로 국가선수단의 코치 겸 주장을 겸하고 있다는 것은 누구나 알고 있는 것이다.

"밤에도 누가 있거나 없거나 혼자 훈련했어. 비가 오면 진창길을 달리면서 손이나 다리에 상처가 나도 또 달렸어. 눈이 오는 날에도 찬바람을 헤치면서 세계적인 선수가 됐어. 그런 열정이 없으면 국가를 대표하는 축구선수가 될 수 없어. 알겠지?"

대답 소리가 힘 있게 울렸다.

"예."

"오늘 경기는 대단한 실력전이었어."

어린 선수들은 그제야 얼굴을 들고 웃었다. 총체적으로 부담이 없는 경기들이었다. 청소년선수들에게는 유명한 축구선수였던 공훈체육인 감독의 지도를 받으면서 참가한 해외원정이라 생각들이 남다를 것이다. 모든 일정을 끝내고 떠나기 전

모임에서 각자의 생활을 총화했다. 지목될 만한 문제는 제기되지 않았다. 평양을 떠나오면서 이번 원정경기가 축구선수로 뿐만 아니라 앞으로 사회생활의 중요한 이정표가 될 것이라면서 집단생활을 잘할 것을 이야기했고 개별행동을 하지 말 것을 강조했던 것이다.

신영규는 경기 과정의 문제점들을 이야기하면서 축구선수로 키워준 아버지, 어머니의 마음고생을 덜어드리겠다는 생각을 언제나 잊지 말 것을 당부하고 이제부터 너희들 각자는 조국의 몸, 수령님과 지도자동지의 전사라는 것을 명심해야 한다고 강조했다.

모임이 끝나자 체육치료사인 임시당조직 책임자는 어린 선수들에게 가슴에 남는 말을 했다고, 그 자신도 감동을 받았던 것 같았다. 신영규는 자기 생활의 의미를 담아 정치세력의 줄을 잘 서라는 뜻으로 이야기했을 뿐이다. 30일 간의 해외 원정경기를 끝내고 돌아와 해당일군들에게 경기 과정을 보고하고 다시 총화해도 제기된 문제가 없으니 도착 행사는 무난하게 끝났다. 청소년선수들에게 3일 간의 휴식을 주었다.

그 사이 선수단 부단장으로 승진했던 강능조가 보통강변

의 웅장한 평양체육관 지배인으로 임명된 것이다. 그런 자리는 김일성이 모르고는 갈 수 없다. 한달음으로 달려가 축하해 주고 싶어도 그렇게 나서는 것 자체가 개인숭배로 낙인이 되거나 그 사람 자신에게도 좋은 일이 아니다.

김정일은 자기 가문을 절대 받들도록 10대원칙이라는 조항을 만들어 당과 국가의 일인정책으로 사회적으로 강요하면서도 누구를 존경하면 인사하는 쪽은 우상아첨분자로, 받는 쪽은 자기우월주의자로 지명되어 절대우상의 정치체제를 부정하는 반대세력으로 처리된다. 오직 자신들만이 신적 존재로 받들어야 하는 것이 북한정치 왕조의 실체인 것이다.

새해의 첫 인사도 꽃다발을 들고 김일성, 김정일의 동상을 찾아가거나 그런 지역이 아니면 집에 있는 김일성, 김정일의 초상화에 먼저 만수무강 인사를 해야 한다. 인류는 어느 한 시대에 아시아의 작은 나라에서 피와 죽음으로 자기들의 우상을 강제한 정치권력의 활극이 있었다는 것을 역사는 분명 잊지 말아야 할 것이다.

PART 5

김정일, 체육문화예술계를 장악하다

김정일에 눈도장 받은 기관차축구선수단의 김정남

동유럽나라와 축구 초청경기가 조직되었다. 해외로 나가보지 못하는 선수들의 침체된 경기력을 검증하기 위한 자구책이었다. 그들은 유럽에서 강팀으로 알려진 선수들이다. 청소년 경기는 몇 번 맞서보았어도 국가선수단과의 경기는 처음으로 상대하는 것이다. 선수들과 체육관계자들뿐 아니라 김일성과 김정일도 촉각을 세우고 지켜볼 것이다. 외국선수들과의 경기는 그들의 승인과 요구가 없이는 불가능한 것이다.

박두익은 신영규에게 경기장에 같이 갈 것을 부탁했다. 박승진은 선수단이 구성되면서부터 와야 한다고 했다. 이한복은 박두익의 입장을 생각해야 한다고 했다. 오윤경은 코치진 뒤에서 조용히 보자고 사무실로 전화를 걸어왔다. 이근학, 김봉환은 고혈압 증세로 병원에 있었다.

박두익이 인사로 청하는 형식이 아닌 것 같았다. 그렇게 가면 그의 경기조직과 전술지도에 불편하지 않을까, 조심스러운 생각이 있어도 새로 꾸려진 국가축구선수들의 실력을 가까이서 보고 싶기도 했다. 벌써 몇 년이 지나면서 그때 출전했던 신진선수들이 이제는 중진들로 하정원, 양성국, 이동원, 박리섭들이 있고 중심에는 노장으로 박승진, 강봉칠, 임성휘가 있다.

새로 선발된 선수들 특히 안세욱이 신경쓰인다. 제8회 월드컵대회를 앞두고 그를 공시학의 7번 자리로 선발할 것인가, 관심이 있었다. 그러면 박두익이 밀리는 것이다. 경험으로 보나 신장에서 안세욱이 176센티미터 정도, 박두익이 184센티미터 정도였다. 감독 명례현이 최종 결심으로 안세욱이 밀렸다. 그때를 돌아보면 안세복, 안세욱, 두 형제가 동시에 선발된다는 궁색도 없지 않았다. 지금 생각해보면 어이없는 일이다. 어쨌거나 그렇게 선발된 박두익은 이탈리아를 무너뜨린 명사가 됐던 것이다.

모란봉경기장은 시작 전부터 들썩였다. 북한은 이런 행사를 정치선전의 의미로 각성시킨다. 김일성과 김정일에게 기뿜을 드려야 한다고 선수들에게는 물론 각 단위별로 열을 올린다. 군중들의 참가도 핵심단체를 중심으로 조직적으로 좌석을 배정한다. 소요사태 같은 동향이 포착되면 즉시 집어낼 수 있는 것이다. 사복 차림의 보위원들이 담당구역을 샅샅이 조사하면서 지키고 있는 것이다. 경기장 내부의 터널 같은 밀실들에는 평양시안전국 산하의 무장 기동부대가 비상출동해 대기하고 있다.

박두익은 안세욱과 박승진을 전방 공격진에 두고 4—4—2의 전술로 역습을 노리겠다는 의도를 가지고 경기를 시작했다. 상대선수들은 박승진의 실력을 알고 있어 두 명이 붙어 다녔다. 그 사이 안세욱이 질풍처럼 파고들었다. 다부진 몸에 하체가 특별하게 강한 체력이다. 그가 몸을 흔들면 상대선수들은 힘에 밀렸다.

저게 누구야?! 경기는 일진일퇴로 밀고 당기면서도 볼이 박승진이나 안세욱에게 제대로 전달되지 못했다. 중간지대의 연락이 자주 끊기는 것이다. 전반전이 거의 끝나는 시점에 북한이 골을 먹었다. 야! 하는 아쉬운 탄성이 울려도 경기는 선수들 자신이 해결해야 하는 것이다.

전반전이 끝나면서 박두익이 코치진 뒤 일반 초대석에 앉아 있는 오윤경과 신영규에게 왔다. 검은 색안경에 마스크를 쓰고 있으니 사람들은 그가 누구인지 알아보지 못했다. 휴게실로 들어가면서 안경과 마스크를 벗었다. 선수들은 허탈하게 앉아 있다 일어나며 서성거리며 인사를 했다. 박두익은 선수들 앞으로 밀어주며 무언의 부탁을 했다.

신영규는 전반 경기에 대한 단점을 이야기하고 불렀다.

"찬명이, 경기를 왜 그렇게 해."

얼마 만에 들어보는 친근한 부름인가, 찬명이! 눈이 핑— 어려도 얼굴을 숙이지 않았다.

"신 동지! 고맙습니다."

느긋이 웃으면서도 따져 물었다.

"긴 볼을 왜 안 써?"

그는 팔로 볼을 상대 진영 앞까지 멀리 던지는 특기가 있다.

"볼을 받아줄 대상이 없습니다."

"사전에 선수들과 공감을 가지지 못했으면 경기 중에 신호를 줄 수 있잖아. 한번은 승진이, 한번은 세욱이, 한번은 발로, 한번은 손으로 멀리 던져주면 상대선수들은 네가 볼을 잡기만 하면 어디로 차거나 던질 것인가, 이쪽저쪽으로 갈라지면서 자기들 구역으로 몰려가겠지? 그때 양쪽에서 달려들고 중앙에서 압박하면 기회가 오지?"

선수들을 둘러보며 말을 이었다.

"경기는 감독의 전술지도가 중요하지만 경기 중에는 선수들 간의 공감이 더 중요해. 경기가 풀리지 않는다고 감독이 뛰어들어갈 수는 없잖아."

그리고 친근하게 부르며 말했다.

"승태는 왜 옆으로 빠져? 볼을 받으려고 공간을 내주는 것보다 중간을 지켜야지. 전반전 실점도 시작은 그 위치의 빈 공간이었어. 양쪽은 날개들이 있어, 그런 경우에도 기만한 동작을 잠깐 보이고 제자리로 돌아와야 허리가 살지?"

김승태는 인도네시아 가네포 결승 경기에는 출전했어도 그 이후는 선발되지 못했었다. 그는 동작이 빠르고 볼을 발로 툭툭 차면서도 상대선수들을 달고 뛰는데 일가견이 있다. 중학생 때에는 개승태라 불렀다. 잘 뛴다는 이유다. 그런 의미에서 안세욱과 같이 제8회 월드컵대회의 신진으로 선발 일정에 올랐던 선수였다.

경기 사판에서 선수들의 위치를 정리해주면서 불렀다.

"정남이, 볼을 더 끌어."

김정남은 기관차축구선수단에서 김봉환의 후비로 10번으

로 뛰는 선수다. 신체적으로 남달리 특이하지 않아도 발동작이 가벼웠고 순간적인 턴 동작이 날렵했다. 문제는 그런 동작에 따르는 대범한 기질이 아니었다. 웃는 것도 처녀애같이 수줍어했다. 경기 중에는 빠른 동작으로 볼을 끄는 버릇이 있었다. 남다른 장기인 것이다. 그런 동작이 어쩌다 지나치다고 지적을 받으면 다음 경기에서는 필요한 순간에도 그런 동작을 펼치지 못하고 서성거리면서 주저하는 것이다. 기관차축구선수단의 감독 김봉환은 그의 순진한 숫기 때문에 은근히 애를 태우는 것이다.

지난 해, 바로 이 경기장에서 김정일의 요구로 2·8선수단과 기관차축구선수단과의 비공개 경기를 했었다. 해당일군들은 축구선수들에게 친애하는 지도자동지께서 직접 본다는 것을 이야기했다. 두 팀 선수들은 경기 시작 전에 주석단의 높은 연단에 작은 체통에 검은 색안경을 끼고 앉아 있는 주인을 향해 부동자세로 정중히 인사를 드렸다.

그날 경기는 두 팀의 실력이 비슷했기에 일진일퇴로 밀고 당기면서도 좀처럼 승부가 나지 않았다. 기관차축구선수들은 2·8선수단에서 골키퍼로 서 있는 이찬명이 자기들을 배신했다는 괘심한 감정이 있었던 것이다. 후반 경기의 중반이 지나면서 기관차축구선수단의 10번 김정남이 단독으로 볼을 밀고 들어가면서 골을 넣었다. 그는 무슨 생각이 들었는지 동료들의 축하를 받기도 전에 누가 시키지도 않았는데 곧장 주석단 앞으로 달려가 검은 색안경의 작은 체통에게 큰 절을 드렸다.

"이게 무슨 일이야!"

두 팀 선수들은 어안이 벙벙했다. 주석단의 검은 색안경의 작은 체통은 쌍안경으로 그 선수를 유심히 지켜보았던 것이다. 털어놓고 말하면 김정일에게 큼직한 도장을 받은 것이다. 누구에게 거불거리는 것을 질색하는 기관차축구선수단의 감독 김봉환은 씁쓸하게 웃을 뿐 아무말도 하지 않았다. 신영규는 지난 해의 그런 사실을 알고 있었는지 김정남의 오늘 동작을 친근하게 지적하면서 말했다.

"후반 경기에서는 볼을 대담하게 끌어. 그래야 세욱에게 공간이 생기지. 알겠어?"

"예."

"네가 볼을 끌면 끌수록 세욱에게 공간이 더 생기겠지, 그때 볼이 세욱에게 한두 번 가면 순간 타격으로 골이 터질 수 있어. 알겠어?"

"예, 알겠습니다."

신영규는 중진선수로 성장한 하정원을 부르며 말했다.

"정원은 볼을 오른쪽 전방 모서리로 과감하게 밀고 들어가."

하정원은 볼을 발끝에 달고 헛동작을 유별나게 하는 특기가 있다.

"성국은 왼쪽 전방 모서리로 깊숙이 밀고 들어가. 중앙선은 승진이가 뒤로 처지면서 장악할 거야."

양성국은 어떤 정황에서도 상대를 등지고 볼을 옆으로 빼는 특기가 있다. 후반 경기는 양쪽에서 압박하는 전술이었다.

신영규는 선수들을 둘러보며 말했다.

"지금 이 시간에 수령님과 지도자동지께서 지켜보신다는 것을 명심해. 알았어?"

하나같이 대답했다.

"예."

다시 부르며 강조했다.

"정원이, 성국이, 잘 들어. 양쪽에서 너희들의 동작이 살아야 앞선 중심에 있는 정남이, 세욱에게 타격할 수 있는 공간이 생겨. 뒤에는 승진이, 동원이, 승태가 있어. 후방에는 성휘, 리섭이 있고 왼쪽에.”

신장이 성큼한 선수를 가리키며 말했다.

“명철이 있잖아.”

박명철, 제8회 월드컵대회의 후보로 갔던 신진선수였다. 전반 경기에서 하정원은 오른쪽 미드필더, 양성국은 왼쪽 미드필더로 뛰었다. 후반 경기에서는 동작이 빠른 그들을 앞으로 전진 배치하면서 박승진은 뒤로 약간 처지라고 했다. 그러면 3—3—4의 기동으로 중간지대를 장악하고 상대를 압박할 수 있는 전면공격전술이었다.

1 대 1 무승부로 마친 동유럽나라와의 평가전

후반 경기는 시작부터 선수들의 동작이 확연하게 달랐다. 오른쪽에서 하정원의 공격이 살아나는가 하면 왼쪽에서 양성국의 공격이 겹으로 살아나고 있었다. 그 중심에서 안세욱이 툭툭 치고 나가고 그를 보좌하는 듯 김정남이 볼을 발끝에 달고 상대선수들을 이리저리 제치면서 돌아서는 턴 동작이 볼 만했다. 뒤에서 박승진, 이동원이 적극 지원했다.

이찬명이 전방으로 볼을 멀리 던지면 군중들은 와— 탄성을 부르며 고개를 뒤로 젖히고 공중으로 날아가는 공을 한참 바라보는 것이다. 상대선수들은 북한의 공격을 막느라 거의 자기 진영에 몰리고 있었다. 그들이 수비를 겹으로 막고 있으니 볼이 16미터 부근에서 오락가락 돌아쳐도 좀처럼 빈 공간이 나지 않았다.

시간이 흐르면서 상대선수들이 점점 지쳐가고 있었다. 이동원이 중간지대에서 볼을 발끝에 달고 뒤로 물러서면서 안 되겠는지 교체로 들어온 강봉칠에게 툭 밀어주자 상대선수들은 그 기회를 노리려고 기력을 다해 달려들었다. 당황한 듯 골키퍼에게 슬쩍 밀어주자 이찬명은 볼을 잡고 앞으로 달려든 상대선수들이 자기 위치로 돌아서기 전에 오른쪽으로 길게 던졌다.

하정원은 달려드는 상대 수비수를 어깨로 밀면서 볼을 다리 사이로 뽑아 우측 선을 타고 모서리 쪽으로 나갈 듯 헛동작을 하면서 달려오는 김정남에게 뒤로 슬쩍 흘렸다. 그는 발끝으로 볼을 툭툭 밀고 들어가면서 달려드는 상대선수들의 신장을 가볍게 넘겼다. 16미터 구역으로 불같이 달려드는 안세욱은 그대로 때렸다. 골키퍼는 볼이 삥— 소리를 울리며 날아오는 순간 두 손을 번쩍 들었으나 들어간 후였다.

"와—, 골!"

경기장은 모란봉 정상에 있는 연고의 을밀대 성벽을 힘차게 울렸다. 김일성, 김정일의 만세삼창이 아니고 군중들의 합창으로 근래에 처음으로 울리는 대 함성이었다. 안세욱은 골이 터지자 동료들의 축하를 받기 전에 코치진으로 달려갔다. 검은 색안경과 마스크로 얼굴을 가리고 있는 신영규의 품에 안기며 불렀다.

"신 동지!"

그는 제8회 월드컵대회에 골키퍼 후보로 갔던 안세복의 동생으로 1960년대 중반부터는 북한축구의 중진이었다. 선수들이 달려와 너도나도 신영규의 품에 안겼다.

코치진 뒤의 일반 초대석에서 술렁거리며 불렀다.

"신영규?!"

"신영규다!"

경기장은 삽시에 영규, 영규의 부름으로 울렸다. 코치들이 선수들에게 어서 경기장에 들어가라고 밀어주었다. 경기는 1 대 1, 무승부로 끝났다. 관중석에서 모두 일어나 두 팀의 선수들에게 아낌없는 찬사를 보냈다. 선수들이 상대선수들과 인사를 나누는 사이 신영규는 오윤경, 한봉진과 같이 먼저 경기장을 나섰다. 밖에는 벌써 사람들이 모여들고 있었다. 검은 색안경을 쓰고 입에 마스크를 걸었어도 부르는 소리가 점점 커졌다.

"신영규!"

"신영규!"

군중들의 부름소리가 함성으로 울렸다. 서평양백화점의 버스거리까지는 1,5킬로미터 정도가 된다. 오윤경, 한봉진이 신영규를 가운데 두고 걸어도 사람들의 물결이 멈추지 않았다. 공시학이 2·8선수단의 행사용 풍차를 가지고 저쪽에서 경적을 길게 울렸다.

이한복이 손을 들고 불렀다.

"이쪽, 이쪽으로."

군중들은 그제야 길을 열어주면서도 불렀다.

"신영규!"

"신영규!"

얼굴을 들지 못했다. 한봉진이 군중들에게 말했다.

"여러분! 이러면 안 됩니다."

군중들은 손을 흔들면서 더 큰 함성으로 불렀다,

"신영규!"

"신영규!"

군중들의 부름은 어떤 조건에 대한 항변의 울림 같았다. 이렇게 누구를 존경하고 부르면 왜 안 될까? 스스로 부르고 찾는 저 군중들의 오고가는 마음이 얼마나 친근하게 다정하고 아름

다운가. 마음이 숙연하게 젖는다. 한봉진은 눈이 핑— 어렸다. 제8회 월드컵대회에서 군중들이 선수들의 이름을 연호하면 그들도 손을 흔들어주면서 서로의 교감이 친절했었다. 그들도 영국시민들의 열렬한 환대를 진심으로 받았던 것이다. 지금 그들은 군중들이 보내는 저 뜨거운 인사에 왜 답례를 보내면 안 되는가? 이런 숨겨진 억압의 모습들이 진정한 나라의 자랑이고 영광이겠는가? 풍차는 군중들이 열어주는 사이를 천천히 달려 곡예극장을 지나 서장거리로 들어섰다.

이한복이 불렀다.

"영규, 후반전은 대단했어."

공시학이 운전하면서 말했다.

"압박전술이 좋았어."

영규는 한마디 했다.

"선수들이 잘했어."

한봉진이 말했다.

"후반 경기는 통쾌했잖아."

오윤경은 신영규의 손을 말없이 꾹 눌러잡고 눈을 감고 있었다. 풍차는 안산지구에 들어섰다. 평양시체육선수단에서는 식사를 즐비하게 차리고 있었다. 출전 선수들이 신영규를 더 가까이 만나고 싶어 경기장으로 떠나면서 이야기했다는 것이다. 선수들을 태운 버스가 도착하면서 분위기는 더 홍성거렸다. 박두익, 박승진이 선수들과 함께 체육관으로 들어서자 이한복, 오윤경, 공시학, 한봉진과 같이 신영규는 출전했던 선수들의 손을 일일이 잡아주면서 몸을 아끼지 않는 투지가 좋았다고 아낌없이 축하해주었다. 홍성거리는 자리를 정리하고 식사를 풍성하게 하려는데 시당위원회에 갔던 체육선수단당위원회 비서가 급한 걸음으로 들어왔다.

긴장한 듯 입을 열었다.

"방금."

즐거운 분위기를 둘러보며 말을 이었다.

"오늘 경기에 대한 친애하는 지도자동지의 말씀이 있었습니다."

모두 자리에서 일어섰다. 당위원회 비서는 정중한 자세로 두 손에 든 종이의 글을 읽기 전에 말했다.

"말씀을 전달하겠습니다."

그리고 천천히 읽었다.

"오늘 선수들이 경기를 잘하였습니다. 후반 경기는 압박전술이 좋았습니다. 우리당이 밝혀준 전격전, 투지전, 속도전,

기술전이 보여준 경기였습니다. 그러나 결과는 무승부입니다. 집단주의가 부족했습니다."

당비서는 정중한 자세를 풀고 말했다.

"이상입니다."

전달하는 내용과 사이를 두고 말해야 김정일에 대한 존엄이 엄숙하게 지켜지기 때문이다. 어쨌거나 조금은 잘했다니, 고맙다고 만세를 불러야 할 것이다.

두 손을 높이 들면서 먼저 불렀다.

"친애하는 지도자 김정일동지 만세!"

모두 따라, 힘차게 불렀다.

"만세! 만세! 만세!"

만세삼창을 부르고 당위원회 비서가 나가자 물을 뿌린 듯 조용해졌다. 누가 부르든 만세는 좋다는 감정의 극적인 표현이다. 그런데 떠들며 외친 선수들의 얼굴에는 그런 느낌이 하나도 없었다. 네가 부르니 나도 불러야 한다는 의무일 뿐이다. 식탁에 앉으면서 얼굴을 들지 않고 묵묵히 음식들을 들었다. 1 대 1, 무승부로 겨우 체면을 차리고 질탕거리면서 먹었다면 그것도 김일성과 김정일에 대한 태도문제로 비화될 수 있는 것이다. 어느 놈이 충성의 일념으로 그렇게 물고 늘어질 수도 있으니 말이다. 조금 전까지 서로의 분위기가 얼마나 좋았던가.

김정일은 잘된 것은 자기의 우상으로 포장하면서 정치적으로 질타하는 것이다. 폭압의 욕망으로 부르짖는 그의 끝없는 야망을 누가 막겠는가, 후반 경기가 신영규의 전술이었다는 것을 알게 된다면 어떤 심사를 느낄까? 누구도 쉽게 가져올 수 있는 빛나는 이런 성과들이 어쩌면 또 다른 내일의 불행일지도 모른다.

전 시당위원회 선전부원과의 의연한 만남

세월은 빠르게 흘러간다. 또 한해가 지나갔다. 새해 첫날 아내와 함께 아이들을 데리고 만수대 언덕의 김일성 동상을 찾아 인사드리고 그런 기분이 어찌어찌하니 2월 16일 김정일 생일을 맞아 다시 만수대동 상을 찾아 만능의 천재이신 지도자동지를 다른 곳이 아닌 우리나라에 꼭 탄생하여주었다고 감사한 마음으로 인사드리고 또 어찌어찌하니 이번에는 4월 15일 김일성 생일이라 그의 동상을 찾아 천년만년 죽지 말라고 풍성한 인사를 드리고 나니 벌써 보통강변의 버들잎들이 푸르러지고 있었다.

가는 세월, 오는 세월의 흔적인가, 그동안 있었던 체육선수단당위원회 비서가 체육기구공장당위원회 비서로 자리를 옮기고 시당위원회 선전부에 있던 사람이 내려왔다. 50대 초반의 사람이다.

저녁시간에 누구를 시켜 부르지 않고 자신이 찾아와 조용히 부른다.

"신 동무."

그의 겸허한 자세에 조금 당황스런 마음으로 그를 따라 사무실로 들어서니 아무도 없고 책상에는 맛난 빵이 차려져 있었다.

"저녁은 아니지만 빵이라도 같이 듭시다."

이런 고급 빵은 옥류관이나, 1백화식점, 2백화식점들에서나 구할 수 있는 것이다. 이런 자리를 준비했던 것 같았다.

"고맙습니다."

그러면서도 마음속으로 이 빵을 집에서 기다리는 아이들에게 가져다주었으면 하는 생각이 들었다. 갑자기 왜 그런 생각에 젖어드는지, 본인도 모르게 잠겨든 생각이었다. 아이들에게 다시는 추방이라는 멍에를 주지 말아야겠는데……, 마음이 서글퍼진다.

"유명한 사람을 마주하니 기분이 좋습니다."

"과분한 말씀입니다."

"지난 경기는 전술이 좋았다고 합니다."

"의견을 좀 주었습니다."

말끝을 돌린다.

"마음고생이 크지요?"

"아닙니다. 나에게 수령님과 조국은 몸과 마음입니다."

천천히 말을 이었다.

"친애하는 지도자동지께서는 저 때문에 얼마나 심려하셨습니까? 나와 가족을 다시 불러주신 은정을 명심하겠습니다."

당비서는 고개를 끄덕이며 말했다.

"옳습니다. 신 동무의 마음을 저번 경기의 성과와 함께 당에 그대로 보고하겠습니다."

당은 김정일을 말하는 것이다. 그랬다. 누가 알거나 말거나 이런 살벌한 정치사회에서는 노동당에 정신과 육신을 맡겨야 하는 것이다. 언제인가 이야기하려고 했는지 천천히 말을 이었다.

"제8회 월드컵대회가 진행되는 당시 나는 평천구역당위원회 선전부지도원이었습니다."

그리고는 멋적게 웃으며 말했다.

"내가 체육은 못해도 축구를 좋아합니다. 그때 기록영화도 보았고 신 동무에 대한 자료를 보았습니다."

자기의 지나온 생활도 이야기했다. 군에서 1950년 6월 25일 불의에 시작된 3년 간의 전쟁이 끝나면서 돌아와 평천구역 전기공장에서 일하면서 야간고등학교를 다녔고 그 후 세포비서, 부문당 비서를 하면서 평천구역당위원회 선전부로 승진했고 다시 평양시당위원회 선전부로 승진했던 것이다.

아버지는 병기공장(지금의 전기공장)에서 비행기 폭격으로 운명했고 어머니는 폭격에 중상을 입어 전쟁이 끝나면서 병사했다. 아버지와 어머니도 결국은 전쟁으로 세상을 떠난 것이다. 어찌 보면 가정환경이 서로 다른 적대계급의 상대가 아닐까? 그런 감정은 아닌 것 같았다.

그가 빵을 앞으로 밀어주며 말했다.

"시당 책임비서동지는 내가 평천구역 출신이고 개인적으로 체육을 좋아하는 성향을 알고 이곳에 파견한 것 같습니다."

시당 책임비서라면 강성산을 말하는 것이다. 이런 직책의 파견이나 임명은 시당조직 비서 김성갑이 하는 사업이고 지금까지 그렇게 했다. 평양시에는 초특급 기업소들이 수없이 많다. 체육선수단이라면 별로 큰 조직이 아니다. 달리고 뛰는 사람들의 특이한 집단이라는 것이지 큰 공장의 직장 정도다. 그런 당위원회 비서를 시당 책임비서가 직접 파견했다는 것은 무엇인가 생각이 깊어지는 것이다.

김성갑이 밀리는가? 김정일은 당중앙위원회에 자리를 틀면서 계모 김성애를 공개적으로 냉대하고 있었다. 그 갈등이 극한상황에서 터지면 전면전이 시작될 것이다. 그러면 그의 동생 김성갑의 처지가 어느 정도인지 알 수 없지만 밀릴 수밖에 없다. 어쩌면 나락으로 떨어질 수도 있는 것이다.

김정일은 자기 친모 김정숙이 1949년 9월 갑자기 죽은 데는 1945년 11월부터 김일성 사무실서기(관리원)로 있던 김성팔(김성애 본명) 때문이라는 반감이 가슴에 꽉 차 있었다. 해방 후 그 시절의 이야기를 만주빨치산 출신들이었던 김명화, 황순희에게서 들었던 것이다.

1960년대 후반에는 김정일이 김일성주의 10대원칙을 만들어 삼촌이며 당중위원회 조직비서 김영주에게 주어 당내는 물론 전국에 배포하면서 아침 저녁으로 개인별로 사상을 검토하던 엄엄한 시기였다. 그 내용에는 조항 별로 자기 가문을 대를 이어 목숨으로 결사 옹호할 것과 혁명의 불순한 곁가지들을 숙청해야 된다는 살벌한 문구들이 있었다. 김성애와 그 측근들을 축출하려는 의도였다.

당비서는 의자에서 종이에 싼 것을 들어주며 말했다.

"아버지만 먹겠습니까, 아이들에게 가져다주십시오."

혹시, 이런 사람이 누구나 품어주려는 당일군의 인품이 아닐까? 노동당은 스스로 어머니의 품이라고 하지만 그 면면을 보면 추방시키고 끌어가고 누구도 모르게 처형하고 악의적이다. 그런 중에도 이런 푸근한 모습을 볼 수 있다는 것이 다행이었다. 전선에서 총을 들고 싸웠다는 거친 느낌이 아니었다. 성근한 모습이 돋보이는 의연한 만남이었다.

요즘은 평양시체육선수단 내부가 부산하고 침울했다. 자주 내려오던 시당위원회 조직비서 김성갑은 보이지 않는다. 같이 내려오던 시당위원회 건설비서 왕경학도 보이지 않는다. 신체가 큰 선수단의 단장도 보이지 않는다. 부단장도 보이지 않는다.

당비서는 신영규를 조용히 만나 당과 조국에 대한 굳은 의지와 모란봉경기장에서 있었던 외국팀과의 경기에 대한 전문가들의 반영과 전술의 의미를 시당위원회를 통하여 당중앙위원회에 보냈다고 말해주었다. 그렇다면 그의 신상문제를 김정일에게 보냈다는 것이다.

고마운 일이다. 시당 책임비서 강성산은 그 자료를 받아보고 체육선수단의 당비서를 불러 신영규에 대한 생활을 구체적으로 물어보면서 당1호 문건으로 보내겠다고 했다. 며칠이 지나 시당 책임비서의 서기는 해당문건이 당중앙위원회에 접수됐다고 전화로 알려주었다.

그런 문건의 발송은 당비서 자신이 죽느냐 사느냐의 사활적인 문제일 수 있다. 그 문건을 보고 김정일이 신영규는 국제사회에 우리나라의 영광을 떨친 사람이라고 높이 평가하면 사는 것이고, 그런 평가로 덧창으로 표창도 받을 수 있는 것이다. 반대로 적대계급 출신을 옹호했다고 하면 죽거나 정치수용소로 끌려갈 수 있는 것이다. 며칠이 지나도 아무런 반응이 없으니 그런 대로 됐는가, 싶어 이야기했던 것이다.

그런데 주변에서 벌어지는 일들이 심상치 않았다. 평양시 검찰소가 아니라 중앙검찰소의 검사들이 내려와 선수단의 내부문서를 싹 걷어갔다. 며칠이 지나서는 검사들이 실무일군들을 만나고 있었다. 또 며칠이 지나서는 무슨 일인지 평양시당위원회가 아니라 당중앙위원회에서 직접 내려와 사람들을 만나고 있었다. 체육선수단 분위기가 뒤숭숭하니 감독들이나 선수들도 훈련장에 나가도 기분이 편하지 않았다.

사람들이 느끼는 동향은 별로 틀리지 않는다. 선수단 단장이 며칠째 보이지 않더니 시행정위원회 과장이 새로운 단장으로 왔다. 누구의 입에서 흘렀는지 보이지 않던 선수단 전 단장은 시행정위원회 사무실에서 수갑을 차고 어디로 실려갔다는 것이다. 또 들려오는 소리는 체육기구공장당위원회 비서로 갔던 전 당비서도 실려갔다는 것이다.

어제는 경리과장이 불려가고 오늘은 부기장이 불려갔다. 경리장부와 부기장부에서 문제들이 제기된 모양이다. 평양시당위원회 조직비서 김성갑은 시당위원회 건설비서와 함께 단장, 부단장, 당비서, 어떤 날에는 시당위원회 부장들도 저녁 늦게 체육관 식당에서 술자리를 가졌었다. 그런 자리에는 종목별 감독들과 이름 있는 몇몇 선수들도 참가했었다.

신영규도 몇 번 차례졌지만 개인적인 이유로 참가하지 않았다. 술자리를 좋아하지 않는 것도 있지만 생기령을 떠나올 때 함경북도당위원회 책임비서의 직무서기가 전하는 말이라면서 도자기공장 당비서는 앞으로 개별적으로 누구에게 절대 의존하지 말라고 했던 것이다. 지금까지는 줄을 잘못 섰지만 이제부터라도 정신을 차리라는 경고라고 생각했던 것이다.

쾅! 이게 무슨 벼락인가? 평양체육관 지배인으로 갔던 강능조는 오후시간에 수하직원들이 보는 앞에서 수갑을 차고 실려갔고 평양시선수단의 체육관 신축을 주관했던 시당위원회 건설비서 왕경학도 사무실에서 수갑을 차고 실려갔다는 것이다. 그런 일들은 일반적으로 생각할 수 없는 정치권력자의 악의적인 행위들이었다.

김정일은 남편과 딸이 있는 6년 연상의 유부녀 영화배우 성혜림을 끼고 아들을 낳고 누구도 모르게 평안남도의 강서초대소에 살림을 차리고 영화촬영소에서 당중앙위원회로 자리를 옮기면서 평양시당위원회에 대한 당중앙위원회의 지도검열을 시작했던 것이다. 김성애의 동생 김성갑과 그 측근들을 축출하기 위한 대대적인 정치공작이었다.

검열조직의 현지 책임자는 동생 김경희의 남편이며 당중앙위원회 과장 장성택이었다. 엄격한 지도검열 후에 김성갑은 당중앙위원회 정치국회에서 출당철직문제가 제기되었으나 신병으로 은퇴한 최현을 대신하여 무력부장이며 정치국성원이었던 오진우의 건의로 경고처분을 받고 해군사령부 정치위원으로 밀렸다. 그것도 얼마 후에는 지방으로 축출시켰다.

그의 측근들은 누구를 막론하고 투쟁대상이었다. 18년이나 틀고 있었던 평양시당위원회는 사실상 김성갑의 골격이었다. 과장급 이상은 용성구역 삼신탄광으로 끌려가 혁명화의 준엄한 검토를 받고 22호정치수용소(회령지구)와 지방으로 축출되었다. 조직부는 그의 직속부서였다는 이유로 전부 끌려갔다. 누구도 살아남지 못했다.

김정일은 자기가 아닌 다른 누구들이 내세웠던 지난 세월의 사람들도 낡은 세력의 잔물들이라면서 끌어가고 추방시켰다. 나라가 해방된 빈터에서 아무런 보상도 없이 예술인들을 찾아다니며 영화촬영소를 꾸렸던 가수였으며 배우 겸 연출가 강홍식은 학술토론에서 김정일이 친히 썼다면서 허풍떠는 『영화예술론』을 인류 역사의 전무후무한 평작으로 언급하지 않는다고 68세 고령으로 요덕정치수용소로 끌려가 앙상한 뼈를 남기고 죽었다.

영화연출가들인 오병초와 유호선은 그가 선발하여 소련의 모스크바, 체코의 프라하로 유학을 보냈었고 재능 있는 연출가 천상인도 그가 찾아냈고 예술의 천재라는 최익규는 완전한 백지에서 그를 불러 3년 동안 곁에 끼고 있으면서 연출대본을 익히는 것부터 차근차근 키웠던 것이다. 박학도 그의 손에서 연출가로 성장했던 것이다. 그는 북한 영화예술의 산증인이었다.

아무도 모르는 곳으로 또다시 끌려간 신영규

신영규는 마음이 불안했다. 무엇을 잘못했다는 것보다 지주 아들이며 아버지와 형님이 남쪽으로 도주한 반동분자 자식을 평양시체육선수단으로 데려왔고 노동당에 입당할 수 없는 자기를 주선해주었고 세계 최정상 선수들이 대결하는 제8회 월드컵대회에 국가축구선수단 주장으로 참가하는 영광을 가질 수 있어 사람들의 아낌없는 찬사를 받았던 것이다.

김성갑 측근들을 다 쓸어가는 칼바람이 자기라고 비껴가겠는가? 이번에는 정치수용소로 끌려가거나 어쩌면 처형당할지도 모른다. 살벌한 정치권력이 득세하는 사회에서는 죄를 만들면 적대분자가 되는 것이다. 지금까지 그런 일들은 때려부셔야 하는 계급정책으로는 당연한 것들이었다.

아침에 출근하니 경리원 처녀가 당비서가 부른다고 조용히 알려주었다. 그 시간이 왔는가? 생기령도자기공장에서 오지 않았으면 어쨌을까? 그때는 나름대로 중앙급 간부들이 나서는 일이라 오지 않을 수 없는 입장이기도 했다. 사무실로 들어서니 초조하게 기다리고 있었다.

"신 동무!"

말을 잇지 못했다.

"각오하고 있습니다."

마지막 순간에 이렇게 가까이 불러주는 것도 적대계급을 철저히 청산해야 하는 당위원회 비서라는 입장으로 보면 가정출신의 과정을 뒤로 하고 신영규에게는 남다른 인품이었다.

"아직 확정된 것은 없습니다."

간절한 심경을 숨기지 않고 말했다.

"마음이 불안합니다. 시당위원회의 접수에 가면 내용을 알려줄 것입니다. 나도 그 정도로 알고 있습니다."

마지막 걸음이라는 것을 절감했다.

"비서 동지!"

"신 동무!"

"그동안 고마웠습니다."

당비서는 두 손으로 신영규의 손을 꽉 잡아주었다. 그도 그의 손을 굳게 잡았다. 이 순간의 마음은 계급정책에서는 추호도 용서할 수 없는 노동당 비서와 적대계급 출신의 관계가 아니었다. 그들로서는 어쩔 수 없이 찾아온 아끼고 싶은 지성의 만남이었고 애절한 심정의 작별이었다.

"건강하십시오."

당비서는 눈이 질펀해서 말을 더 못하고 놓을 수 없는 듯 손을 더 꽉 잡았다. 지금 이 순간에도 어디서 누구들이 지켜보고 있을지 모른다. 복도로 나오니 아무도 없었다. 사무실에서 이근학, 한봉진이 기다리고 있었다. 연락을 받았는지 박두익이 성급히 들어서고 있었다.

"그 일인 것 같아."

어제 보통강변에서 요즘 벌어지는 상황을 주고받으면서 놀라지 말라는 의미로 자기 예감을 이야기했던 것이다. 이근학, 한봉진, 박두익의 손을 굳게 잡아주며 말했다.

"이것이 내 운명이겠지."

씁쓸하게 웃으며 말을 이었다.

"내가 지금까지 이렇게 살 수 있었던 것만으로도 자랑이지. 그동안 나에게는 잊을 수 없는 친구들이 있어서 고마웠어."

한봉진이 와락 끌어안으며 불렀다.

"영규, 우리 죽어서도 만나!"

다시는 만날 수 없다는 절박한 심정이었다.

"만나야지!"

박두익은 품에 안기며 눈물로 불렀다.

"영규, 나는 빚이 많은데, 이렇게 헤어지면 너무하잖아. 죽어서 만나!"

"그 빚은 강요된 것이었어. 내 곁에 와!"

흐느끼며 말했다.

"응, 꼭 갈 거야."

앞으로 닥칠 형벌이 어떤 것인지 알 수 없어도 생사를 초월하는 사나이들의 절절한 눈물이었다.

이근학은 눈을 크게 뜨고 불렀다.

"영규! 네가 무슨 죄를 졌어? 우리 함께 세계 만방에 조국을 빛낸 것이 이렇게 또 끌려가는 거였어?"

그랬다. 소련의 최강팀을 그들의 수도 모스크바에서 눌렀고 아시아 최강전에서 미얀마를 눌렀고 가네포의 결승 경기에서는 아프리카의 강팀이라는 애급(이집트)을 몰아쳤고 제8회 월드컵대회에서는 아메리카 강팀이라는 칠레를 불 같은 공격으로 밀어버렸고 세계 최강이라는 이탈리아를 통쾌하게 눌렀던 것이다. 그런 벅차고 영광스러운 국제경기들의 대장정의 중심에는 언제나 신영규가 있었다.

이근학은 그대로 무너졌다. 고혈압 증세가 폭발한 것이다. 조국을 위한 신영규의 헌신이 너무도 크고 자랑스러웠던 것일까? 그것은 조국의 빛나는 영광의 순간들이었다.

“근학이? 근학이!”

천천히 눈을 뜨며 말했다.

“나, 괜찮아. 어서 가. 우리 죽어서 만나!”

“근학이!”

손을 꾹 잡아주고 동료들의 품에 안기고 밖으로 나섰다. 혹시, 주위에는 자기를 기다리는 보위부 풍차가 보이지 않았다. 무슨 일일까, 왜 평범한 걸음으로 시당위원회의 접수로 부르는가? 버스 길로 나서는데 당위원회 비서가 창가에서 손을 흔들어주고 있었다. 주위를 둘러보니 별다른 느낌이 없었다. 고개를 깊이 숙이고 걸음을 재촉했다.

신영규는 그렇게 떠났다. 어디로? 모른다. 다음날 가족도 실려갔다. 어디로? 모른다. 그 후 측근들의 분석은 다음과 같다. 그에게 죄가 있다면 지주 아들이고 아버지와 형님이 남쪽으로 갔다는 적대계급이라는 정치적인 이유일까? 아니다. 김정일은 계모 김성애의 동생 김성갑이 데려왔고 그의 주선으로 이름을 떨쳤다는 명예보다도 그들의 불편한 흔적들을 자기의 눈앞에서 사회적으로 말끔히 청산하려는 야욕을 숨길 수 없었던 것이다.

며칠 후 체육선수단당위원회 비서는 자기 집 아파트 4층 창문을 열고 새벽바람을 맞으며 조용히 떨어졌다. 쿵! 그는 55세 나이로 그렇게 갔다. 문건은 창문 유리를 교체하려다 추락했다고 했다. 자살로 처리되면 가족들은 지방으로 추방되고 아이들이 상급학교에 갈 수 없다. 어떤 경우에도 자살은 김일성과 김정일의 신임을 배반했다고 문서화하기 때문이다. 죽는 것도 마음 편하게 죽을 수 없는 것이 인민의 복리를 부르짖는 김일성주의 추악한 내막의 숨길 수 없는 현실이다.

당위원회 비서는 신영규의 성실하고 근면한 마음을 알기에 그런 불행을 사전에 막아보려고 감히 해서면 안 되는 긍정자료를 만들어 당중앙위원회, 김정일에게 직접 보냈던 것이다. 생사를 각오한 자기 노력이 허사로 됐고 누구들의 눈에는 자기가 체육선수단당위원회 비서로 오면서 내부가 혼란스러워지고 사람들이 끌려가는 일을 뒤로 조작했는가, 그런 숨길 수 없는 자책도 있었을 것이다.

신영규를 적대계급의 잔물로 처단했는가, 정치수용소로 끌어갔는가, 아니면 산중 깊은 골짜기로 추방시켰는가, 누구도 알 수 없는 일이지만 이야기는 궁금할수록 세상 밖으로 흐른다. 평양시당위원회의 접수에서 차분한 여인이 기다리고 있었다. 당원등록과의 지도원이다. 말없이 데리고 긴 복도를 지나 조용한 사무실로 들어갔다.

당원등록 과장이 찹찹한 눈길로 말했다.

"당원증을 주십시오."

함경북도 생기령으로 추방시킬 때는 노동당 당증을 내놓으라는 요구가 없었는데 지금은 선 자리에서 출당시키는 것이다. 그러면서도 어디로인지 끌려가는 자기를 이 순간에도 적대분자로 대하지 않는 태도가 이상하면서도 한편으로는 이들의 말없는 태도가 고맙기도 했다.

"신 동무!"

조용히 부르면서 손을 꾹 잡아주고 눈으로 창밖을 가리켰다. 흑색 승합차가 기다리고 있었다. 당원등록 과장과 차분한 여인의 뒤에는 당원등록과 성원들이 침울하게 서 있었다. 그들도 그가 유명한 축구선수였고 조국의 영광을 세계에 떨쳤고 생활이 검소하다는 것을 들었을 것이다. 오늘도 그는 듣던 대로 모두에게 눈인사를 겸허하게 남기고 떠났다. 저런 차로 간다면 멀리 갈 것이다. 어디로? 그들도 모른다. 평양시체육선수단에서 체포하거나 압송하면 여론이 삽시에 확산될 것이기에 아닌 듯, 평범한 모습으로 이렇게 조용히 불렀을 것이다.

이것이 정치독재 권력에서 벗어날 수 없는 불우한 운명의 피할 수 없는 악의 조건이다. 또다시 추방되는 그는 누구에게 편지도 할 수 없고 친구들 중 누구도 만날 수 없는 깊은 산골로 끌려갈 것이다. 그곳이 어디인지 누구도 모른다. 그 자신도 모르고 실려가는 것이다. 보위부는 그에 대한 무언의 사회적 영향을 차단하기 위해 동향인들까지 추적하여 체포하는 것이다. 그는 그렇게 끌려가 죽으면 알 수 없는 곳에 표적도 없이 묻힐 것이다.

하기사……, 죽어 버려진 시체가 진펄이면 어떻고 산중이면 어떠랴만 그의 영혼은 분명 찬란할 것이다. 추방과 추방으로 이어진 살벌한 정치권력의 압살에 육신은 가도 그가 남긴 축구사의 영광은 통일된 조국의 역사로 영원히 빛날 것이다.

PART 6

숙청, 그 후의 이야기

인민체육인 칭호 받은 박승진의 최후

김정일은 신영규를 또다시 누구도 알 수 없는 곳으로 추방시키고 그에 대한 여론이 사회적으로 확산되는 것을 우려해서인지 박두익과 박승진에게 인민체육인 칭호를 주고 신문과 방송으로 떠들었다. 누구도 생각하지 못했던 일이었고 본인들에게는 뜻밖의 '선물'이었다.

그들은 이상하게도, 아니 묘하게 가정환경 출신들이 비슷했다. 신영규는 황해북도에서 아버지가 형님을 데리고 남쪽으로 갔고 박두익은 평양시 근방에서 아버지가 형님들을 데리고 남쪽으로 갔다. 박승진은 평양에서 아버지가 남쪽으로 가고 그 뒤로 형님도 갔다.

적대계급에 대한 처벌이 아니라면 신영규는 왜 또다시 추방시키고 그들에게는 낯간지러운 표창을 주고 생색까지 내면서 이렇게 떠들고 있는가? 그토록 가슴에 사무쳤던 계모 김성애의 동생 김성갑이 그의 뒤에 있었다는 인맥을 그대로 둘 수 없었던 악심을 드러낸 것이다.

얼마 후에는 무력부의 2·8선수단 오윤경에게도 인민체육인 칭호를 주었다. 그는 2번, 신영규는 3번으로 국가축구선수단에서 수비수로 누구나 알고 있는 단짝이었다. 그런 친밀감 때문에 탈락시켰던 것이 김정일에게 충실한 무력부장이며 총정치국장인 오진우의 건의로 승인됐던 것이다. 그는 무력부에서 부부장으로 있으면서 김정일의 은밀한 요구로 무력부장 김창봉, 총정치국장 허봉학의 자료를 만들어 군부에서 그들을 축출하기 위한 인민군당전원회의에서 기조보고를 했던 것이다.

김일성종합대학 축구감독으로 임명된 명례현은 김정일에게 평양으로 다시 불러주고 건강까지 살펴준 데 대한 충성의 감사편지를 보내고 얼마 후에는 김일성 훈장을 받았다. 영광이면 이보다 더 빛나겠는가! 신영규도 평양으로 돌아온 후 그런 편지를 보냈으면 어쨌을까, 친지들이 그런 의향을 이야기했어도 씁쓸하게 웃었다. 자기의 불우한 운명을 추접스럽게 누구에게 구걸하고 싶지 않았던 것 같았다.

1960년대 후반부터 북한축구의 중진으로 활동한 안세욱은 신영규를 무한히 존경하였다는 것, 재일교포 처녀와 결혼하지 말라는 것을 하였다는 것, 남북청소년축구선수단의 감독으로 골키퍼를 남한선수로 세우지 말라는 것을 기어이 세웠다는 것, 인민체육인 칭호를 받고 만세삼창은 불렀으나 자기의 이름으로 된 충성의 편지를 별도로 보내지 않았다는 괘씸죄로 끌려갔다는 여론들이 뒤로 흘렀다.

제8회 월드컵대회에 신진선수로 참가하여 전 경기에 출전하였고 포르투갈 경기에서 두 번째, 세 번째 골을 넣었던 이동원과 양성국도 신영규를 존경하고 있었다는 이유로 지방으로 축출시켰다.

그때 선수들은 신병을 이유로 하나둘 현직을 떠났다. 박두익만 국가축구선수단 감독으로 남았을 뿐이다. 박승진도 은퇴하면서 압록강선수단 축구감독으로 소좌에서 중좌로 승진했다. 그런데 갑자기 늙은 어미가 밤마다 하나님을 부른다는 소리가 터지면서 해발 2,000미터 이상으로 아득한 마천령 산줄기에 있는 양강도벌목사업소로 추방되었다.

노친이 기독교인이고 성탄절이면 윗방에서 밤 새워 하나님을 부른다는 것은 선수들뿐만 아니라 측근들은 누구나 아는 비밀이다. 이제는 쓸 만큼 써먹었으니 산골로 들어가 고생하라는 심사였을 것이다. 어미는 "승진아, 나는 간다"는 말을 남기고 첩첩한 산중에 묻혔다.

어머니가 평생을 부르던 하나님은 어디 있는가? 그가 하는 일은 제재소에서 통나무를 밀고 톱밥을 쳐내는 것이다. 도당위원회에서 왔다면서 부른다.

끌어가려는가, 하기는……, 신영규를 또 끌어갔으니 나도 그럴 것이다. 찾아온 간부는 가정생활과 건강 이유를 묻고 돌아갔다. 다음날 승용차가 내려왔다. 이런 산골에서는 보기 드문 것이다. 끌려가는 것 같지 않았다. 산길을 달려 양강도 당위원회가 있는 혜산에 도착했다. 공공건물도 있고 아파트들이 들쑥날쑥 있어도 거리는 한산했다.

승용차에서 같이 온 사람의 뒤를 따라 사무실로 들어갔다. 분위기가 엄숙했다. 넓은 방 중심에 T자 형의 커다란 책상이 있고 정면 벽에는 김일성, 김정일의 초상화가 내려다보고 있었다. 오른편 벽으로는 두 개의 철제서류함이 있고 그 곁으로 비교적 큰 책장이 있었다. 햇빛이 환한 창가에는 김일성이 좋아한다는 큰 목란 화분과 김정일이 좋아한다는 진달래

형의 연분홍 철쭉 화분이 성큼하게 있었다. 드르르한 장식이 없는 검소한 사무실이었다. 부등한 사람이 자리에서 일어나 천천히 걸어왔다.

안내하던 사람이 말했다.

"도당위원회 책임비서 동지입니다."

왜 이런 높은 급의 사람이 자기를 만나는지 궁금했다.

"고생했소."

손을 잡아주며 의자를 권했다. 품위가 소탈하고 유연했다. 림수만이다. 그의 아버지는 만주빨치산 출신이며 국가부주석 림춘추다. 장편소설『청년전위』전 후편을 쓴 작가이기도 했다. 1960년대 중반에 나온 소설은 만주빨치산 출신 류삼손(류경수 본명)의 일대기를 이야기한 것으로 독자들의 반응이 좋았었다. 후에 영화로도 만들어졌다. 빨치산 출신으로는 유일한 소설가, 지식인이다.

림수만은 아버지를 모르고 태어났다. 조국이 해방이 된 후에 만났다. 태어나서는 온순했고 유년시절에는 순진했다. 청년시절에는 조용했고 사회생활을 하면서는 침착했다. 당중앙위원회 과장, 부부장에서 지금은 도당위원회 책임비서로 사업하고 있는 것이다. 양강도는 갑산광산이 있고는 산업기반이 별로 없다. 임업사업이나 산간 농장들, 혁명전적지라는 특유의 지명일 뿐이다. 도체육선수단은 있다는 것이지 수준은 미미했다.

림수만은 김정일에게 박승진을 책임지고 양강도체육을 발전시키겠다는 제의서를 보냈다. 좋은 생각이라면서 승인했던 것이다. 박승진은 그렇게 양강도체육선수단의 부단장 겸 축구감독으로 임명되었다. 어느 종목의 선수들이든 이름이 드르르한 인민체육인 박승진의 지도를 받는다는 것이 희한하기도 했을 것이다.

조심해야 할 것이다. 이러다가도 달려들어 수갑을 걸고 끌어가는 것이 우리가 사는 세상이다. 신영규는 어디 있는가? 박승진은 체육선수단 교양실에서 김일성, 김정일의 초상화를 우러러 더 충성하겠노라 선서하고 참가자들과 함께 만세삼창을 불렀다.

"위대한 수령 김일성동지 만세! 만세! 만세!"

"친애하는 지도자 김정일동지 만세! 만세! 만세!"

이번에는 산골로 추방시켰다 용서해줬다고 혜산에서도 번화한 곳에 있는 김일성 동상을 찾아 허리를 굽혔다. 왜 이렇게 생떼를 쓰면서 꼬박꼬박 인사를 받으려고 할까, 음식도

억지로 먹으면 토하고 병이 나는 것이다. 그렇게 자리를 잡는데……, 오후시간에 누가 찾는다기에 밖으로 나가니 풍차 옆에 정복 차림의 두 안전원이 기다리고 있었다. 이게 뭐야, 또 끌어가는가, 여기저기 찾아다니며 했던 충성의 선서와 허리가 부러지게 드렸던 인사들이 부족했는가, 하기는……, 자고 일어나면 끌어가고 같이 밥을 먹다가도 끌려가는 것이 우리가 사는 세상이니 별로 놀라운 일이 아니었다.

20대 초반 안전원이 틀스럽게 말했다.

"위대한 당에서 인민체육인 칭호를 주었는데 조국을 배반해."

위대한 당, 김정일이 명예롭게 주었다는 것이다. 승진은 왜 그랬는지 씁쓸히 웃었다.

"이 새끼 웃어?"

소위 계급을 단 애젊은 녀석이 눈을 흘기며 철썩, 때린다. 내가 이런 일을 당하자고 조국을 부르며 정신없이 뛰었던가, 자기도 모르게 입술에 또다시 웃음이 실렸다.

"이 새끼 또 웃어?"

철썩, 철썩 때린다. 그러거나 말거나 검은 구름들이 스산하게 쓸려가는 하늘을 멀리 둘러보며 부르고 싶었다.

"영규 형님, 죽어서라도 찾아갈게요."

가슴이 푹 젖으면서 눈이 핑— 어렸다. 두 손에 수갑을 걸고 풍차에 밀어넣는다. 덜컥 떠났다. 시간이 지나면서 검은 띠로 눈을 가렸다. 계단을 밟으며 내려갔다. 지하 감방이었다.

무슨 단서를 잡고 이러는가? 박승진이 국가축구선수로 해외로 다니던 시절이다. 20대 초반의 아련한 처녀가 찾아왔다. 1961년 봄 일본에서 유치원생으로 아버지와 어머니를 따라 귀국선을 타고 조국이라고 찾아오니 먹을 것, 입을 것 등 차례지는 것이 별로 없었다.

일본에는 언니와 두 오빠가 있다. 아버지는 몸이 지쳐 자리에 누운 지 오래다. 어머니도 이제는 출입을 못한다. 자기는 모란봉경기장 관리원으로 일하면서 멀리서라도 보았던 것이다. 언니와 오빠들에게 도움을 받아야겠는데 평양에서는 편지를 보낼 수 없다. 우체국에서 회수하고 내용에 관계없이 무조건 끌어간다. 그렇게 끌려가 죽은 사람들이 알 수 없이 많다. 편지를 외국에서 우체통에 넣어달라는 것이다.

"도와주세요."

재일교포들이 지상낙원이라는 총련조직들의 허황한 선전

에 속아 조국이라고 찾아와 고생한다는 것은 누구나 알고 있는 것이다.

“편지를 일본어와 영어로 쓰겠어요.”

“영어도 알고 있어?”

“아버지가 알고 있어요.”

처녀의 눈물이 가여웠다. 그렇게 원정경기로 나가는 기회에 편지를 보내주었다. 그런 일은 일반선수는 할 수 없다. 그는 해외원정을 다녔고 최고급 선수라 그런 공간을 어느 정도 가질 수 있는 것이다. 복도에서 호텔 관리인에게 잠깐 부탁하면 되는 일이다.

얼마 후 여인은 언니와 오빠들로부터 달러와 엔, 물건을 보내왔다고 했다. 그렇게 편지를 몇 번 보내주었다. 유럽이나 중동 지역으로 갈 때는 영어, 아시아지역으로 갈 때면 일본어로 된 편지이니 무슨 내용인지 모른다. 생활이 어려워 보내주었을 뿐이다.

그렇게 보낸 편지 중에는 재일본총련합회 의장 한덕수에 대한 내용을 쓰면서 그 멍청이 같은 인간에게 얼마나 속았는지 모른다면서 지상낙원이라는 말은 왕창 거짓이며 세상에서 가장 가난하고 일을 해도 봉급이라는 돈에서 김일성, 김정일에게 바치는 충성 자금이라고 떼고 나면 받는 것이 별로 없다고, 누구와 말도 마음대로 할 수 없는 정치깡패라고 썼다.

그 편지를 둘째 올케가 들고 다니면서 한덕수의 말을 절대 믿지 말라고 욕설을 퍼부었다. 총련조직은 북한의 보위부 식으로 감시망이 촘촘하다. 그런 줄을 타고 편지가 되돌아왔던 것이다. 여인을 끌어다 족쳐도 입을 열지 않았다. 주리를 트는 비명소리에 박승진 이름이 흘러나왔다. 여인은 시체도 없이 사라졌다.

늙은 아버지와 어머니는 딸이 끌려간 후 집에서 쥐약을 먹고 나란히 죽었다. 조상들이 묻혀 있는 산천에 잠들고 싶어 지상낙원이라는 조국으로 찾아와 허망하게 죽어야 했던 그들의 심정이 어쨌을까? 박승진은 내용도 모르고 가난한 처녀의 편지를 해외에서 보내준 것이 간첩혐의라고 10년형으로 검덕광산교도소로 끌려갔다. 그곳은 마그네슘을 캐는 험준한 첩첩산중이다. 골짜기마다 허기진 죄수들이 터벅터벅 걷는다.

1992년 9월 마지막으로 만난 박승진

함경남도당위원회 책임비서 이길송은 검덕광산교도소에 박승진이 들어왔다는 보고를 받고 그에 대한 자료를 요구하였다. 도안전국장이 가져온 법적 구속 내용이 너무도 어이없는 것이다.

"이것이 전부요?"

"그렇습니다."

문서를 보면서 자신에게 묻듯 말했다.

"그 노친에게 하나님은 전부터 있었다면서 왜 갑자기 떠들면서 추방시키고, 재일교포 처녀의 가난한 편지는 내용도 모르고 해외에서 우체통에 넣어준 것이 간첩혐의라고 10년으로 몰아넣으면 너무한 게 아니오?"

국장은 어줍게 말했다.

"그런 면이 있는 것 같습니다."

"박승진이 누구요? 세계를 놀라게 했던 사람이요. 써먹을 때는 좋다고 낮이나 밤이나 떠들고 때가 지나면 이런저런 조건을 달아 추방시키고 끌어가면 우리가 하는 일이 무슨 꼴이 되겠소?"

나라가 무슨 꼴이 되겠냐는 무거운 심정일 것이다.

"국장 동무, 우리라도 그렇게 하지 맙시다."

"예."

"박승진을 갱에 넣지 말고 경리과에서 일하도록 하시오."

"알겠습니다."

이길송은 1930년대 김일성이 만주빨치산시절에 전사한 전우의 아들이다. 해방 후 만경대혁명학원에서 공부하고 1950년 전쟁에서는 친위중대에서 부대생활을 시작했다. 전후에는 대학에서 당사唐史를 배우고 당중앙위원회 과장, 부부장, 함경남도당위원회 책임비서로 사업하고 있는 것이다.

그는 기다리는 품이다. 되도록이면 처벌하지 않는다. 다시 생각해보라고, 그 사람이 당신 부모나 형제라면 그렇게 하겠소? 의도적이라기보다 실수일 수도 있잖소. 대답을 기다린다. 방금 만났던 국장도 이길송이 함경남도당위원회 책임비서로 처음 왔을 때는 문제가 있으면 걷어넣으려고 했다.

"국장 동무는 그렇게 걷어넣고 밤에 잠이 오오?"

대답을 못했다. 얼마 후에는 신포수산사업소의 부지배인 문제가 제기되자 눈을 번들거리며 이놈은 걷어넣어야 한다고 했다. 사업능력은 있는데 여자 문제가 제기되는 것이다.

"국장 동무는 걷어넣는 것이 목적이요?"

고개를 들지 못했다.

"국장 동무는 법일군으로 걷어넣는 것이 목적이겠지만 나는 당일군으로 되도록이면 사람들을 살펴주는 것이 의무요."

며칠 후 그는 평양으로 6개월 간의 장기 출장을 떠났다. 사회안전부장 이진수에게 함경남도안전국장을 불러 인성을 가르쳐달라고 했던 것이다. 그때가 서성구역의 와산동 우측 골짜기에 사회안전부 청사 건설로 바쁘던 시기였다. 그 곳에서 강제노동을 했던 것이다.

이길송은 6개월 후 그가 돌아온 날 식사를 하면서 말했다.

"국장 동무, 우리에게 지워진 짐이 무겁습니다. 그 무거운 짐에서 사람들은 아껴주면서 일합시다."

함경남도는 산업기반들이 집중되어 있는 나라의 중요한 공업기지다.

"책임비서 동지, 명심하겠습니다."

이길송은 박승진을 함경남도체육선수단에서 쓰려고 생각하고 있었다. 다른 도체육선수단에 비해 비교적 실력이 있는 조직이지만 축구는 신통하지 못했다. 국가선수단을 구성할 때 보면 성인선수나 청소년선수가 선발되는 일이 없었다. 경기장에서 뛰어다니는 선수들일 뿐이다.

함흥대극장을 건설하고 김일성으로부터 영웅칭호를 받았어도 체육선수들에게는 별로 해준 것이 없었다. 대극장을 지을 때 먹을 것, 입을 것도 없는데 요란하게 건물만 짓는다고 뒷소리들이 있다는 것을 아내와 아들을 통해 모르는 것은 아니었어도 김일성이 요구하는 것이니 내밀어야 했던 것이다. 털어놓고 말해서 그 건물은 외국 수반이 오면 김일성이 함께 내려와 군중들 앞에서 자기의 위세를 떨치기 위한 행사용 건축물이다.

이럴 때 금싸라기 같은 박승진이 끌려왔으니 감방에 있는 죄수를 축하한다고 떠들면서 내세울 수 없어도 조용히 써야 할 것이다. 김정일은 함경남도당위원회 책임비서가 책임지겠다면 그렇게 하라고 했다. 박승진은 검덕광산교도소에서

2년이 되는 1992년 봄 김일성 생일 80돌 대사령으로 출소하면서 책임비서 명의로 근로단체 부장이 데려다 함경남도체육선수단 부단장 겸 축구감독으로 임명했다.

산골로 추방시키고, 지하 감방에 쓸어넣고, 교도소에 끌어가고, 끄집어내서는 용서해줘서 고맙다고 체육선수단 교양실에서 김일성, 김정일의 초상화를 우러러 충성 선서를 하고 만세삼창을 불렀다. 그것으로도 부족해 김일성 동상을 찾아 허리를 굽혀야 했다. 한눈에 내려다보이는 저 많은 허기진 사람들은 이 언덕의 동상을 보면서 무슨 생각을 할까? 그때가 아침 출근시간이었다. 진정으로 축원의 인사를 보낼까, 아니면 춥고 배고프다고 저주를 보낼까, 동해바다의 거친 물결이 끝없이 설레고 있었다.

함흥시에서는 박승진이 축구감독으로 왔다고 소문이 나면서 사람들이 찾아오기도 했고 어린 학생들은 멀리서도 꾸벅꾸벅 인사를 했다. 인민체육인 칭호는 재판받으면서 박탈당했어도 축구선수의 명성은 여전했다. 이런 일도 여론몰이가 될 수 있는 것이다. 신영규의 인파와는 차원이 다르지만 걸고 늘어지면 죄가 되는 것이 정치권력사회의 강권이다. 악법도 법이라고 했던가?! 지금도 어디서 나를 지켜보고 있을지 모른다. 퇴근시간에 착잡한 생각으로 걸음을 옮기는데 누가 앞을 막는다. 진눈개비가 내리는 저녁 거리는 으쓱하게 추웠다. 칙칙한 국방색 솜 동복을 입은 안전원 중위다.

"저쪽에서 기다립니다."

또 끌어가는가? 하기는……, 거칠게 대답했다.

"갑시다!"

걸음을 옮기는데 앞에 안전원 상좌가 나타났다.

"박 동지?"

얼굴을 들고.

"어, 이게 누구야?"

제8회 월드컵대회에 후보로 함께 갔던 신진선수였다. 어수선한 세월이 흐르는 동안 압록강체육선수단 단장이 됐던 것이다.

"박 동지, 갑시다."

"가다니, 어디로?"

"백학림 동지가 차를 보냈습니다."

승용차는 중형 벤츠였다. 박승진이 검덕광산교도소에서 출소하는 길로 함경남도체육선수단 부단장 겸 축구감독으로 임명됐다는 소식을 듣고 압록강체육선수들은 물론 사회안전부 간부들도 우리 사람인데 데려와야 한다고 술렁이었다. 양강도의 깊은 산골로 추방시킨 죄, 교도소로 끌어갔던 죄가 너무했다는 무언의 심정들이었을 것이다.

백학림이 말했다.

“박승진 같은 선수를 데려오면 빛이 나지. 그때는 우리나라 축구가 괜찮았어. 그런데 지금은 말이 아이야.”

데려오는 작전방법을 듣고는 웃으면서 그렇게 하라고 했다. 사회안전부장 이진수가 심장마비로 죽고 인민군 차수 백학림이 그 자리에 틀고 앉았던 것이다. 그의 승용차를 가지고 저녁시간에 태우고 그 밤으로 달려오는 것이다. 사회안전부 작전국장의 명령으로 전 구간의 단속초소 안전원들이 부동자세로 정지, 검열도 없이 통과시켰다.

다음날 함경남도체육선수단에서는 박승진이 없어졌다고 야단쳤으나 평양에 도착한 후였다. 함경남도당위원회 책임비서 리길송은 사회안전부장 백학림에게는 상대할 수 없다. 아버지세대의 만주빨치산 출신이다. 박승진은 그렇게 압록강체육선수단으로 돌아올 수 있었다.

“하나 더 달아줘.”

양강도로 추방되기 전에는 중좌였다. 한 급 높여 상좌 계급을 받고 축구감독으로 임명됐다. 이에 대한 보고를 받은 김정일은 그렇게 하라고, 만주빨치산시절 김일성의 전담연락병이었던 백학림의 요구를 밀어버릴 수 있는 처사가 아니었을 것이다.

며칠 후에는 인민체육인 칭호의 메달과 증서를 조용히 가져다주었다. 왜 이러지? 이런 일도 김정일의 승인이 없이는 있을 수 없는 일이다. 주었다 빼앗었다, 다시 주는 아이들 같은 노릇이 스스로도 멋쩍었는지 만세삼창으로 떠들지 않았다. 박승진 자신이 김일성, 김정일의 초상화 앞에 허리를 곱절로 굽혔을 뿐이다. 비공식 행사인 셈이다.

1992년 9월의 박승진은 청년시절의 다부지고 통통했던 모습은 어디로 가고 허전한 중늙은이가 되었다.

"몸이 왜 그렇게 됐어?"

"다, 귀찮아."

산골로 추방되고 거칠게 끌려다니던 어이없는 일들을 이야기하고는 가을 하늘을 멀리 둘러보며 혼자소리로 말했다.

"신영규는 어떻게 하고 있을까?"

눈물을 글썽이며 물었다.

"우리가 너무하지?"

"왜?"

"신영규는 어떻게 하고 있는지, 나는 하루 세 끼 밥을 먹어."

"어쩔 수 없잖아."

"그래, 어쩔 수 없지. 우리는 너무도 어이없는 세상을 살았어."

서성구역 와산동이 평양시의 중심지대는 아니라도 그렇다고 농촌도 아니다. 순안에서 시내로 들어오는 환영행사의 첫 도로 입구에 연기를 풀풀 날리며 목탄차가 굴러가고 있었다.

"이게 나라야?"

박승진이 내 손을 꾹 잡고 말했다.

"우리는 죽어서도 영규를 만나야지?"

"그래, 만나야지."

무슨 말을 더 하겠는가? 눈물만 흘리며 헤어졌다. 그렇게 세월이 흐르고 2002년 8월 마지막 작별로 박승진과 다시 만났다.

박승진은 울분을 터치며 말했다.

"영규 죽었어!"

"어디서?"

"몰라."

1996년 죽었다고 이한복이 말했다는 것이다. 그는 2·8선수단 단장으로 대좌였으니 확인할 수 있었던 것이다. 농촌의 어느 병원에서 죽었다는 것이다. 58세였다. 인생 후반이라도 아직은 세월이 남아 있는데. 거죽만 남은 그에게 무슨 약이었을까? 한 시대를 풍미했던 그의 사회여론을 덮으려고 안락사로 조용히 잠재우지 않았을까?

그의 무덤은 어디에 있을까?! 허전하게 울고 있는 우리도 이제는 파사한 늙은이였다. 승진은 61세, 나는 60세, 두 늙은이의 흐르는 눈물도 가슴을 먹먹하게 적셨다. 그렇게 헤어져 나는 1차, 2차, 3차, 4차 북녘땅 탈출을 실패하고 다시 북송되어 사형 언도를 받고 보위부에 있는 친구 아들의 극적인 도움으로 5차 탈출에 성공하여 1943년 봄 어머니 등에 업혀 철없이 떠났던 고향으로, 늙고 허기진 몸으로 2005년 1월, 62년 만에 대한민국으로 되돌아왔다.

우리가 헤어진 10년 후 박승진이 2012년 눈을 감았다는 슬픈 소식을 인편으로 들었다. 그의 나이 71세였다. 우리가 처음 만난 것은 1957년 8월 평양6중학교 운동장에서였다. 그는 16세, 나는 15세로 그 세월이 장장 55년으로 이어지리라고는 생각하지 못했던 아득한 시절이었다. ●

작가의 말

불멸의 영혼들이여, 부디 평안하시라!

나는 1942년 11월 전라남도 순천에서 태어나 일제경찰의 추적을 받는 큰형님이 평안북도 청수에서 체포되었다는 소식을 듣고 전라북도 부안에서 1943년 봄 어머니 등에 업혀 북으로 올라갔다. 1945년(3세) 8월 15일 해방은 청수에서 맞았고 1950년(8세) 6월 25일 전쟁을 평양에서 겪었다. 생활이 어려워 1959년(17세) 9월부터 평양역에서 철도노동자로 사회생활을 시작하면서 야간과 통신으로 학업을 하였다.

2000년과 2001년 사이에 두 아들과 딸, 아내를 굶주림에 땅에 묻고 2003년부터 1차, 2차, 3차 북한땅을 탈출해 두만강을 건넜으나 중국경찰들에 체포되어 북송되었다. 다시 4차 탈출로 두만강을 건너 몽골 국경에서 체포되면서 또 북송되어 여러 차례의 탈출 시도는 "고향이 남쪽이니 기어이 갈 것"이라는 전제로 사형언도를 받고 처형되는 날을 기다렸다. 그러는 동안 보위부에 있는 친구 아들의 도움으로 부서진 몸을 끌고 극적으로 두만강을 건너 5차 탈출에 성공하여 2005년 1월 한국 고향땅으로 돌아왔다.

보위부의 무차별 고문으로 다리 골절을 입는 등 부서진 몸을 오랜 병원생활로 회복하면서 틈틈이 수련했던 문학수업을 바탕으로 2012년 한국전쟁 참전용사들과 그 후손들의 이야기로 장편소설 『전우의 딸』을 출간했고 다섯 차례 만에 성공한 나의 북한탈출기를 소설로 만들어 『다섯 번의 북한 탈출』 상하권을 출간했다.

1966년 7월 영국에서 진행된 제8회 월드컵대회에 출전했던 북한축구선수단은 이탈리아를 격파하고 8강에 오르는 이변을 일으켰다. 그 이변의 선봉에 선 사람은 공격수 박승진과 북한축구선수단 주장 신영규였다. 이들은 나이를 떠난 오랜 친구들이다. 당시의 사실적 자료들과 주변 사람들의 이야기를 토대로 그들에 대한 실화 장편소설을 이번에 쓰게 되었다.

*

북한축구선수단 주장 신영규는 1966년 영국에서 진행된 제8회 월드컵대회의 시작이었던 7월 12일 소련과 첫 경기에서 3 대 0으로 패배하였다는 것보다 국제사회가 북한 즉 '조선'을 국가로 인정하지 않고 불량한 정치집단으로 보는 데 충격이 컸다. 그렇다고 물러설 수 없는 것이 국가를 대표하는 축구선수단 주장으로 마음을 다잡고 제7회 월드컵대회에서 3등으로 북한쯤은 안중에 없이 기세등등했던 칠레를 1 대 1 무승부를 기록한 후 유럽 강팀으로 세계 최정상급 이탈리아를 격파하고 8강에 올랐다. 그리고 8강전, 우승 후보로 지목되던 포르투갈과 경기를 벌여 3 대 5로 패하기는 했으나 경기 시작 20분 만에 세 골을 넣는 기적을 만들어 전 세계를 놀라게 하였다.

각국의 축구전문가들과 국제축구연맹 회장 스탠리는 제8회 월드컵에서 골키퍼는 소련의 야신, 수비는 북한의 신영규, 공격은 포르투갈의 유세비오를 꼽을 정도로 그의 축구 실력은 출중했다. 축구전문가들이 그를 극찬했던 이유는 경기 중에 선수들에 대한 전술지도였다. 최후방 수비수이면서도 선수들을 적극 독려했고 미드필드와 공격수들의 위치를 수시로 교차시켜주면서 상대선수들의 경기력을 혼란시켰던 것이다.

조국에 돌아와서는 최초로 공훈체육인 칭호를 받았다. 남다른 축구실력으로 여러 차례 국제사회에 '조선'의 영광을 떨친 명선수였다. 생활에서는 겸손한 인품으로 군중들의 선망이 좋았다. 그러나 김정일은 자기와는 인연이 없고, 아부의 말조차 없었다는 이유로 아무도 모르게 함경북도 생기령으로 추방시켰다.

그의 아버지는 황해북도 신천지방의 지주였고 1950년 6월 25일 전쟁에 형님을 데리고 남쪽으로 갔다. 북한의 정치체제로서는 용서할 수 없는 적대계급 출신이고 남쪽으로 도주한 반역자 아들이다.

제8회 월드컵 참가를 위한 국가축구선수단 감독이었던 명례현도 추방되었다. 감독, 주장이 누구도 모르게 추방되면서 축구뿐만 아니라 북한 체육계 전반이 점차 몰락하였다. 아시아 최강이었던 여자배구는 유럽에서 진행된 국제배구대회에서 전패를 당하는 수모를 안고 돌아왔다.

이에 대한 보고를 받은 김일성은 국제축구대회에서 여러 차례 명성을 떨쳤고 특히 처음으로 참가한 제8회 월드컵에서는 세계를 놀라게 했던 감독과 주장이 지방으로 추방된 사실을 알고 그들은 우리나라의 존엄을 만방에 떨친 사람들이라고 그들에 대한 심려의 교시를 주었다.

명례현은 1930년대 만주빨치산의 전설이며 당중위원회 정치국 성원인 무력부장 최현의 주선으로 3년 만에 돌아왔고 신영규는 1930년대 만주빨치산 출신의 아들이며 당중앙위원회 정치국 성원인 평양시당위원회 책임비서 강성산의 주선으로 돌아왔다. 그들에 대한 군중들의 성원은 대단했다.

김정일은 계모 김성애의 동생이며 김일성의 처남인 평양시당위원회 조직비서였던 김성갑이 신영규를 황해북도에서 데려왔고 그를 적극 추천했고, 자기에게는 줄을 서지 않았다는 자기 가문의 파벌적 감정으로 돌아온 3년 만에 누구도 모르게 다시 깊은 산골로 또 추방시켜버렸다.

김정일은 기관차축구선수단의 10번 김정남이 자기에게 달려와 인사를 곱절로 했다고 그날 저녁으로 가관차체육선수단을 찾아갔던 것이다. 그후 김정남은 동료들의 은근한 왕따를 받으면서 어찌된 일인지 경기 중에 다리가 부서져 축구선수생활을 할 수 없게 되었다. 그에 대한 보고를 받고는 당에 충실한 동무인데 선수생활은 못해도 전술지도는 할 수 있다고 감독으로 임명하라고 했던 것이다. 김정남은 숨 가쁘게 달려가

곱절로 인사했던 값을 톡톡히 받은 셈이다. 자기에게 인사를 한번 크게 했다면서 좋은 사람이라면 온몸을 다 바쳐 세계만방에 조국의 영광을 떨친 신영규나 박승진의 위업을 그런 허접스런 아부의 인사에 비기겠는가?

김정일의 극악한 모략으로 국제축구사에 명성을 떨쳤던 신영규는 1996년 알 수 없는 병으로, 누구도 찾을 수 없는 산중에 묻혔다고 한다. 그의 나이 58세였다. 그의 측근이며 북한축구의 최전방 공격수였던 박승진도 공훈체육인, 인민체육인이라는 명예를 가지고 어머니가 기독교인이라고 양강도 깊은 산골로 추방시켰고 가난한 재일교포 처녀의 편지를 일본에 있는 언니와 두 오빠에게 생활이 어려워 도움을 받으려고 보내는 편지를 해외원정경기 때 외국에서 보내주었다고 간첩혐의로 10년형을 받고 감방으로 끌려갔다.

그의 집안은 기독교 신자들이며 아버지는 1950년 6월 25일 전쟁에 남쪽으로 갔고 형님은 18세가 되는 1956년 8월 황해남도 연안으로 내려가 새벽 썰물을 타고 남쪽으로 갔다. 북한의 정치체제로서는 추방과 처단 대상이었다. 그의 남다른 축구실력이 복잡한 가정사를 잠시 묵인할 수 있었던 것이다.

만주빨치산 출신의 아들이며 함경남도당위원회 책임비서

이길송의 제의로 감방에서 출소하면서 함경남도체육선수단 부단장 겸 축구감독으로 임명된 후 만주빨치산시절 김일성의 전담 연락병이었으며 인민군 차수인 백학림이 사회안전부장으로 앉으면서 그의 요구로 다시 사회안전부의 직속 압록강체육선수단의 축구감독으로 돌아왔다.

1992년 9월 박승진을 만났을 때는 다부지고 통통했던 모습은 어디로 가고 51세의 허전한 중늙은이였다. 10년 후 우리가 다시 만난 것은 2002년 8월 그는 61세, 나는 60세의 피할 수 없는 세월로 거죽만 남은 파사한 늙은이들이었다. 그날 우리는 인생의 마지막 작별이기에 신영규를 추억하면서 쓸쓸한 눈물을 흘렸다. 10년이 지나 그가 2012년 눈을 감았다는 슬픈 소식을 인편을 통해 들었다. 그의 나이 71세였다.

*

이것이 실화 장편소설 『전설의 운명』의 간략한 줄거리이다. 신영규를 기본으로, 사실 자료를 토대로 썼으며 추가로 들어간 박승진의 이야기도 사실 그대로 서술하였다.

한국에 와서 그들에 대한 이야기를 인터넷에서 찾아보았

다. 북한에서 왔다는 몇몇 사람들의 이야기도 찾아보았다. 모두 어이없는 낭설들이었다. 영국의 연출가 고든이 찍었다는 다큐멘터리 필름에는 가상적인 대목들만 들어 있었다. 그렇게 하지 않으면 북한이 승인하지 않으니까 그렇게 하였을 것이다.

신영규는 내가 평양역에서 근무하던 1961년 7월에 만났다. 나는 19세 철도노동자였고 그는 23세의 성큼한 어른으로 그때 벌써 국가축구선수단 중진이었다. 그는 1966년 국가축구선수단 주장으로 제8회 월드컵에 갔다 와서도 드르르한 명성과 달리 우리의 우정은 변함이 없었다. 함경북도로 추방된 후에도 우리는 열차편으로 비공식적인 연계가 있었다. 평양으로 돌아와서는 친구 이상의 우정을 이어갔다. 다시 추방되는 며칠 전에도 나는 신영규, 이근학, 김봉환, 박승진과 함께 조용한 저녁시간에 보통강변에 앉아 그의 안위를 걱정했었다. 북한의 극악한 정치체제에서는 어떤 정도의 처벌로 그 시기가 언제이겠는지, 생각하면서 불행이 점점 다가오고 있다는 예감을 했었다. 쫓기듯 구름 속으로 달려가던 그날의 달빛이 지금도 가슴이 시리다.

세월이 아득히 흐른 지금 때때로 이런 생각을 해본다. 신영규와 박승진이 대한민국 축구선수로 활동했더라면 한국축구사에 빛나는 족적을 남기지 않았을까? 단언컨대 그렇게 하였을 것이다. 그들의 운명도 자랑스럽지 않았을까? 그렇게 됐을 것이다. 젊은 시절의 그들의 막역한 친구였던 나는 80을 바라보는 고령으로 눈시울을 붉히며 하늘을 우러러 그들의 영혼을 불러본다.

신영규! 박승진!

지금은 괴롭고 불편하더라도 그 자리에 잠들어 기다려주오. 살벌한 정치의 검은 장막을 털어버리는 그날 우리 함께 영혼의 세상에서 푸른 하늘을 훨훨 날면서 통일된 조국의 산야에 황금의 눈물을 가득히 뿌리자고. 그러면 후대들은 그대들의 모습이 얼마나 자랑스러울 것인가!

오, 불멸의 영혼들이여, 부디 평안하시라!

2020년 6월 15일

김병관

김병관 실화 장편소설

전설의 운명

지은이_ 김병관
펴낸이_ 조현석
펴낸곳_ 북인
디자인_ 푸른영토

1판 1쇄_ 2020년 09월 25일

출판등록번호_ 313 - 2004 - 000111
주소_ 121 - 842 서울 마포구 서교동 467 - 4, 301호
전화_ 02 - 323 - 7767
팩스_ 02 - 323 - 7845

ISBN 979 - 11 - 6512 - 014 - 6 03810

이 도서의 국립중앙도서관 출판예정도서목록(CIP)은 서지정보유통지원시스템 홈페이지(http://seoji.nl.go.kr)와 국가자료종합목록시스템(http://www.nl.go.kr/kolisnet)에서 이용하실 수 있습니다. (CIP제어번호 : CIP2020037719)

책값은 뒤표지에 있습니다.
저자와 협의 아래 인지를 생략합니다.